DAVEN

VOL. I

Shamira Rivera

Daven
© Shamira Rivera, 2020

Vérité editorial Group
Casa editorial de autopublicación y distribución de libros de la
República Dominicana
Av. Lincoln Esq. 27 de Febrero, Distrito Nacional, Rep. Dom.
Teléfono: 1 809 287 5520 / WhatsApp: 1 829 814 4961
info@editorialverite.com / www.editorialverite.com

ISBN: 978-9945-09-459-6

Primera edición
Santo Domingo – República Dominicana 2020

ÍNDICE

CAPÍTULO I

—¡Lenaaaaa! —Escuché mi nombre por décima vez.

—Ya voy, ya voy —dije cogiendo mi chaqueta.

—Por Dios, señorita, si duras —Se quejó Raven.

—Pero ya estoy lista, Ray —Reímos y salimos del apartamento—. ¿Y se puede saber a dónde me llevas? —pregunté.

—Aquí hay una heladería cerca —dijo—. Es tu cumpleaños, tú, como no querías nada, pensé que sería buena idea.

—Claro, eso sí —Reí.

Entramos a una heladería muy linda con una campana en la puerta, me gustaba.

—Yo iré al baño, tú pide —me dijo Raven, yo asentí.

Me acerqué a la barra.

—Hola —Saludó un chico con una sonrisa amable.

—Hola —respondí sin levantar la mirada de la paleta de sabores—, quiero uno de fresa —pedí y, entonces, levanté la mirada para encontrarme con unos ojos oscuros como la noche, tenía una mirada profunda.

Él me sonrió.

—¿Solo fresa? —preguntó.

—Sí —contesté mirando a mi alrededor.

En el lugar no había muchas personas, pero sí las suficientes como para sentirme cómoda, no me gustaba estar entre mucha gente y no me gustaba la atención, y si un lugar estaba así los domingos, imaginé que estaría desolado los demás días de la semana.

—¿Ya pediste? —Raven me sacó de mis pensamientos mientras observaba la paleta de sabores.

—Sí —dije mientras el chico de ojos oscuros y mirada profunda me entregaba un cono con dos bolas de helado de fresa.

—¿Dos bolas, Lena? —Ella me miró incrédula.

—Para mí está bien así, Raven —dije negando.

—Pero es tu cumpleaños, Le —reclamó con media sonrisa mientras negaba con la cabeza—. Yo quiero una de fresa, una de chocolate y otra de vainilla —agregó sonriendo al chico de la barra, a lo cual él le devolvió la sonrisa.

Yo empecé a comer mi helado cuando la campana de la puerta sonó en todo el local, haciendo que me girara para ver, era Dániel, el chico que no entendía las indirectas ni los rechazos, y Harol, el novio de Raven.

Me giré con la esperanza de que Dániel no se me acercara.

—¿Quieres mermelada? —preguntó el chico de la barra a Raven, a lo que ella respondió con una sonrisa y asintiendo.

De repente, sentí unas manos y ese olor que tanto aprendí a odiar.

—Preciosa —dijo Dániel abrazándome de espaldas.

—Aléjate de mí —reaccioné empujándolo hacia atrás y dándole la cara, su sonrisa arrogante nunca se borraba de su rostro, era como si la tuviera pegada.

—Cálmate, nena, solo quería felicitarte —se echó a reír—. Feliz cumpleaños —dijo sonriendo aun vez más.

Escuché la voz del chico de la barra entregándole el helado a Raven.

Respiré profundo, «No voy a dejar que este idiota arruine mi día», me dije a mí misma.

—Es de mala educación no decir gracias ante una felicitación, Lena ... ¿no crees?

—Hazle un favor al mundo y muérete, Daniel —dije sin ganas de terminar el helado.

Él se rio y yo caminé a una mesa libre.

—Daniel, déjala —La voz de Harol me alivió.

—Solo la estamos pasando bien —contestó riendo.

—Yo me tengo que ir, solo pasé a saludarlas —dijo Harol besando los labios de su novia, ella le soltó una sonrisa y le susurró algo a lo que él sonrió igual—. Pásala bien, Lena —dijo acercándose y dejando un casto beso en mi frente.

Le sonreí y salió de la heladería.

Mi vista se fijó en la barra, ese chico me miraba fijamente, no sé qué tanto me veía, mejor que tomara una foto, le duraría más.

Giré mi vista, ya que Daniel estaba tocando mi cabello, al instante me alejé de él.

—Mantente alejado de mí —lo amenacé, al parecer era incapaz de entender cuando le hablaban a las buenas.

—Vaya, ahora me amenazas princesa —dijo inclinándose sobre mí—. Me gustaría que hicieras eso esta noche, cuando te haga mía —Mis ojos se abrieron de la impresión y me levanté de la silla para caminar a la salida.

—¡Lena! —Raven me llamó, pero no estuve dispuesta a detenerme.

Salí y seguí caminando, Dániel en verdad me irritaba, era exasperante e insistente, no sé qué lo motivaba a decir ese tipo de cosas o a tratarme así o simplemente, a acercarse a mí, no sé qué quería conmigo, pero fuera lo que fuera, no lo obtendría.

CAPÍTULO 2

—Vamos, Lena... —dije apresurándome.

Estábamos en medio del bosque. Por alguna razón inexplicable, solo decidimos venir a alejarnos de las personas, pero ya era muy tarde y prácticamente estaba oscuro, no era bueno estar en un bosque a oscuras.

—¡¡Lenaa!! Vamos —dijo ella agarrando mi mano con temor.

Continuamos caminando, hacía una brisa fría, el invierno se acercaba y al parecer ese sería más frío que el anterior.

—Lena, ¿sabes a dónde vas? —preguntó junto a mí.

—Yo te estoy siguiendo a ti —dije siendo muy obvia.

Ella paró de golpe.

—Se supone que tú sabías —soltó poniendo las manos en la cabeza.

—Tú fuiste quien me habló de este lugar, se supone que lo conoces —refuté dejando caer mis brazos a los costados.

—Pero tú ibas caminando rápido, sin rumbo.

—¡¡¡Pensé que iba bien, ya que no me dijiste nada!!! —grité frustrada.

—¿Ahora qué hacemos? —preguntó con un respiro hondo.

—Busca la ubicación en el teléfono —Se me ocurrió de repente, yo saqué mi teléfono y ella el suyo—. No tengo señal —dije y levanté mi teléfono para ver si conseguía, pero nada.

—Yo tampoco tengo —se quejó—. Bueno, solo caminemos a ver —sugirió cogiendo mi mano y caminando.

La caminata se extendió por una hora y nada, no había señal de vida y eran las 11:22 pm.

Solo pensaba en las posibilidades de lo que podría ocurrir mientras estuviéramos extraviadas en ese infierno frío y lleno de árboles sin hojas y muchas ramas.

Una de ellas era que nos devorara un oso, y la otra que fuéramos caminando desprevenidas y una rama dura nos atravesara el pecho. Así nos jodíamos las dos, pero bueno, esas eran las cosas de la vida, o así eran las cosas en mi cabeza.

—Sigo sin señal —dijo suspirando.

Solo seguimos caminando sin rumbo.

—¿Perdidas? —Una voz conocida sonó a nuestro alrededor.

Nos giramos a esa dirección, una linterna nos alumbró a las dos haciendo que bajara la mirada al igual que Raven, eso no nos permitió ver su rostro, o al menos no a mí.

—Lo siento —dijo de nuevo esa voz, entonces la luz se dirigió al suelo y pude verlo con claridad, era él, el chico de la heladería, de ojos oscuros y mirada profunda—. ¿Perdidas? —volvió a preguntar.

—Algo —respondió Raven mirando a su alrededor.

Yo no dije nada, sus ojos cayeron sobre los míos... Esos ojos negros como la mismísima noche me atraían, eran llamativos y lucían peligrosos.

—Sigan derecho, en ese sendero —Señaló a nuestra derecha—, llegarán a la carretera —añadió con una sonrisa en el rostro.

—Muchas gracias...

—Daven, ese es mi nombre —Su sonrisa se ensanchó.

—Raven, y ella es Lena —dijo Ray señalándome—. Creo que te conozco, ¿nos hemos vis...

—En la Heladería —dije rápido volviendo mi mirada a la suya, él hizo lo mismo.

—Ahhhh, sí, claro, ahí —soltó ella riendo.

—Fue un placer verlas —dijo e hizo una reverencia—. Adiós, Lena —dijo mi nombre y se giró para seguir su camino.

Daven, un nombre elegante.

Mi nombre en sus labios sonaba divino.

Nuevo *crush*.

Raven me jaló hacia el sendero.

—Bueno, solo caminemos y lleguemos, estoy agotada —dijo, pero no respondí, simplemente miré hacia atrás, él ya no estaba.

¿Qué buscaba ese chico solo en el bosque a estas horas?

Mi curiosidad incrementó aún más, quería saber qué hacía ahí, quería saber si ocultaba algo, no me dio razón para pensar algo, pero era extraño que alguien estuviera en el bosque a esas horas, quizás mató a alguien y... lo estaba enterrando.

No debería pensar eso, él solo era una persona normal, haciendo no sé qué en el bosque, muy tarde. Casi era media noche, pero eso no era algo raro... no, claro que sí ocultaba algo, y quería saber, nadie andaba a media noche en un bosque, al menos que ocultara un cuerpo inerte.

CAPÍTULO 3

En la clase de Biología todo era aburrido, pero mis pensamientos eran tantos que no podía percibirlo.

«¿Qué hacía ahí?», esa pregunta se repetía una y otra vez en mi cabeza; no era normal que una persona estuviera en el bosque solo, a media noche.

Busqué en *Google* "Qué podría estar haciendo una persona en el bosque a media noche".

«Sí, lo sé, tan estúpido como preguntarle a *Google* qué es *Google*, pero ¿adivinen qué?, *Google* sí responde preguntas estúpidas».

Las respuestas no eran bonitas, podría ser un asesino.

—Señorita Millar —Me sobresalté un poco por el tono que usó la señora Lourent—. Parece muy entretenida en su pequeño mundo —La risa de todos se escuchó en el salón, lo que causó que mis mejillas se pusieran de un rojizo—.Puede compartir sus pensamientos con la clases señorita, ya que es más importante que lo que estoy enseñando, o de seguro piensa que con lo que está maquinando ahora mismo pasará el examen —Ella se acomodó apoyando las palmas de sus manos en su escritorio y cruzando los tobillos con sus ojos puestos en mí—. Ande... presente sus pensamientos a la clase —Imaginé que el techo caía encima de ella o que se rompiera la mesa mientras estaba recostada de ella—. La esperamos, señorita Lena —«¡Mierda!».

Le diré, sacaré algo bueno de esto, ya que Google no me responde con exactitud, tal vez ella sí lo haga.

«Preparándome para las risas de mis compañeros anormales...», no, ya ni me importaba; que se rieran lo que quisieran.

Solté la pregunta.

—¿Qué busca una persona en el bosque solo y a media noche? —Se escucharon las risas.

—De acuerdo. Quiero que me haga un trabajo sobre la reproducción asexual, para el jueves, así tiene tiempo de pensar por qué alguien merodea en el bosque a media noche —Rodé los ojos en fastidio, la campana sonó, así que me levanté y salí del aula.

—¡Lee! —La voz de Raven sonó en mis oídos—. Oye, ¿qué fue eso? —preguntó.

—Nada, solo que, ¿no te parece extraño que él estuviera a esa hora en el bosque? ¿Qué hacía? —Ella hizo una mueca.

— ¿Te tomaste tus medicinas? —preguntó.

Yo la ignoré, seguí mi camino, tenía que hacer ese maldito trabajo y averiguar eso, no era mi culpa tener tanta curiosidad, pero la verdad había visto tantas películas y series que ya no sabía qué pensar.

Salí del apartamento con mi mochila. Fui por el camino a esa heladería, tenía que estar sin mucha gente, lo cual sería ideal para poder concentrarme en el trabajo.

Llegué en unos 20 minutos.

Abrí la puerta y escuché el sonido de la campana, solo había una chica en la barra pidiendo su orden; me pregunté si él estaría allí. Me aproximé a una mesa en la esquina, me senté dispuesta a completar mi trabajo, solo tenía que buscar la información, leerla y sacar resumen concreto, introducción, conclusión y presentación, y ya terminaría.

Saqué mi computador y fui directo al buscador.

"Reproducción asexual."

"La reproducción asexual es una forma de reproducción de un ser vivo ya desarrollado en la cual, a partir de una célula o un grupo de células, se desarrolla por procesos mitóticos un individuo completo, genéticamente idéntico al primero. Se lleva a cabo con un solo progenitor y sin la intervención de los núcleos de las células sexuales o gametos."

«Entonces Google es tan ignorante que sobre eso sí me da una respuesta con sentido».

Ese fue el principio de mi trabajo, ahora solo faltaba terminarlo. Entonces el tono de mi teléfono me sacó de mi concentración. Lo tomé.

—¿Hola?

—¿Dónde estás Lena? —preguntó Raven al otro lado del teléfono.

—Haciendo el trabajo.

—Ah, ¿y a qué hora llegarás?

—No lo sé, quizás tarde.

—Ah, bueno, está bien, cuídate.

Colgué.

De seguro solo quería saber cuánto tiempo tendría de sexo con Harol. Hice una mueca.

Me sorprendía la manera en la que esos dos se amaban, habían comprado más cajas de preservativos que los besos que se daban.

—¿Que hacían ustedes dos en ese lugar? Es peligroso —Mis ojos se encontraron con los de Daven, el chico de anoche.

—Eso mismo me pregunto yo de ti —dije cerrando mi computador.

Él dejó escapar una sonrisa.

—Yo estaba buscando leña, el invierno se acerca —dijo con una voz serena.

¿Con una linterna, solo?

—Sólo llevabas una linterna —dije inclinándome.

—Tengo una cabaña en medio del bosque, era de mi padre, pero se mudó a la ciudad y bueno, ahora es mía —explicó simple—. ¿Y tú?

—Salimos a respirar, nada más —Él asintió.

—Llevas rato aquí, ¿puedo invitarte algo? —Esa serenidad en su voz.

—Tengo que terminar, lo siento —me disculpé.

—Será para la próxima entonces, Lena —Se levantó y se fue.

Ahora todo estaba claro, tenía una cabaña en el bosque.

¿Una cabaña? ¿En medio del bosque? Bueno, ya no indago más.

«Sí claro, ¿qué tendrá ahí adentro? ¿Un cadáver?»

Sonreí para mí.

CAPÍTULO 4

-Bien, chicos, tenemos un nuevo alumno —Dejé mi mochila sobre la mesa y tomé asiento—. Él es Noah Jhonson —Se lo iba a comer con la mirada Jesús—. Puedes tomar asiento, Noah —dijo la maestra Lourent registrándolo de la cabeza a los pies.

Él se sentó a dos sillas detrás de mí.

Me giré para verlo, su cabello era castaño, sus ojos color café, era alto y muy atractivo.

Tenía todo el paquete.

—Tranquila fiera —dijo Raven detrás de mí mientras reía.

Yo la miré rodando los ojos y volteando mi vista al frente.

La clase transcurrió tranquila, la campana sonó, me levanté recogiendo mis cosas con calma.

—Te espero afuera —me comunicó Raven pasando a mi lado, yo le respondí con un "sí".

Terminé de meter las cosas en mi mochila.

—Lena —La voz de la señora Lourent me detuvo.

—¿Sí? —pregunté poniéndome en frente de su escritorio.

—Tu trabajo es bueno, me ha gustado —Le di una sonrisa—. Pero quería decirte que esos pensamientos los mantengas alejados mientras estás en clase o estudiando, eres buena alumna y no quiero que tus notas bajen.

— Solo tenía curiosidad —Bajé la mirada, ella dejó escapar una sonrisa.

—Eres muy curiosa, Lena —Ella me sonrió—. Eso es bueno, pero ¿a qué se debía aquella pregunta? —Ella indagó.

Y aquí iba yo a contar todo como siempre.

—Raven y yo fuimos al bosque Glex para respirar un poco y nos quedamos hasta muy tarde, y no sabíamos cómo regresar, entonces nos encontramos a un chico, él nos dijo por dónde ir, pero él estaba como buscando algo —«Pero solo dijo que tenía una cabaña».

«Leña», me auto respondí.

—Ese bosque es peligroso, no deben entrar ahí —dijo—. Y no deben hablar con extraños, principalmente tú que eres muy curiosa.

«Sé controlarme, señora Lourent.»

Raven estaba hablando con el tal Noah, me acerqué y saludé, a lo que él me respondió con una sonrisa y Raven con un quejido.

—¿Por qué tardaste tanto? —repuso.

—Hablaba con la maestra —le conté.

—Bueno, como sea, Noah irá esta tarde a repasar algunos temas de Biología para el examen —informó Raven muy amable.

—Espero que no te moleste —agregó Noah.

—No, no, para nada, será un placer ayudarte —dije sonriendo.

—Bueno, entonces nos vemos luego, chicas —nos despedimos.

Él desapareció de nuestra vista y caminamos a la salida.

—¡Ray! —La voz de Harol se escuchó por los pasillos.

Raven giró con una gran sonrisa en sus labios.

—Amor —dijo teniéndolo en frente y lo besó.

Volteé mi mirada, pero fue un error, allí estaba Daniel.

—Hola, hermosura —pronunció, yo le di la espalda.

—Ya me iba —dije negando mientras caminaba.

Le dije a Raven que me iba, ella asintió y se quedó con su amado Príncipe Dorado.

Caminé al departamento, todo estaba tranquilo, pocas personas, uno que otro auto. Seguí caminando,

Daven estaba un poco más adelante, recostado de un auto con sus manos dentro de los bolsillos y vestido todo de negro.

Si quería dar un aire misterioso, lo había logrado.

—¿Me espías? —pregunté poniéndome frente a él.

—Te mentiría si te lo niego —respondió, a lo cual reacioné mirándolo confundida, él se echó a reír—. Me preguntaba si ahora sí te puedo invitar a cenar.

—¿A cenar? —lo cuestioné. «Pensé que era un helado»—. Una cita —explicó pasando su mano por la parte de atrás de su cabeza.

—¿Por qué? —pregunté.

— ¿Es en serio? —Una pequeña sonrisa se cruzó en sus labios—. Me pareces interesante, y linda, y pues pensé que podría invitarte a salir —Sus ojos, esos ojos profundos.

«Nunca he salido con nadie como una cita, así que, ¿por qué no?»

—Claro —Sonreí y él hizo lo mismo.

—Ven, te llevo —Se dio la vuelta y rodeé el auto para subir del lado del copiloto.

«Bueno, si te va a secuestrar, se la estás poniendo fácil.»

«No tengo sentido común, a mí me matarían rápido, no sé ustedes.»

Estacionó fuera del departamento.

—Voy a ignorar el hecho de que sabes dónde vivo —dije bajando la mirada.

—Como quieras —Escuché su risa, cogí mi mochila y abrí la puerta bajando un pie, sentí su mano en la mía, lo que me hizo dirigir mi mirada a la suya.

—Paso por ti el sábado a las 8:00 p. m. —Su agarre era suave y delicado.

—Te esperaré —Bajé otro y me detuve a mirarlo—. ¿Será un lugar elegante o casual? —pregunté por curiosidad.

—Casual —respondió a mi pregunta.

—¿Y cuál es ese lugar? —Indagué más.

Él se echó a reír.

—Preguntas mucho —dijo con esa sonrisa hermosa.

— Ok, ya me voy —Bajé por completo, caminé hasta la puerta, antes de entrar le di una última mirada.

«Creo que esto no lo considero como Crush.»

CAPÍTULO 5

-Ok, chicos, solo tienen 30 minutos para llenar —La señora Lourent dejó la hoja del examen sobre mi mesa.

Estaba fácil, llené las que estaban más fáciles primero, y las demás las dejé de último, que solo fueron tres; no era la más inteligente, pero me esforzaba en hacer bien mis deberes.

Solo habían pasado quince minutos y me faltaba solo una, nadie había salido del aula, me sabía esa, pero no me acordaba; dicen que el cerebro no borra información, que solo las guarda en un lugar lejano, pero ¿dónde me había guardado esta mi cerebro? «Joder, creo que la pondré mal, no me acuerdo».

Solté el lápiz sobre la mesa frustrada.

—El corazón —susurró Noah pasando por mi lado.

Le di una mirada rápida, él me miró antes de salir y me giñó el ojo.

Él había llegado ayer, no esperaba que llenara correctamente el examen, y mucho menos que fuera el primero en salir.

Marqué corazón como él me había dicho.

Salí entregándole la hoja a la profesora y encontrándome con él en la salida.

—Gracias, Noah —Él sonrió.

—Gracias a ti. Si no hubiera sido por ustedes, no hubiera pasado ese examen.

—Ufff, qué bien estuvo ese examen, fue fácil.

Raven apareció de la nada al igual que algunos chicos de la clase.

—Sí —respondió Noah.

—Nos vemos luego —Caminé al campus sin esperar respuesta, cuando llegué no había nadie, así era mejor, sola era mejor.

Llevaba quince minutos de paz cuando la voz de Harol me sacó de mi concentración.

—Hola —respondí a su saludo.

—Disculpa que te moleste, pero quería saber quién es ese Noah y qué es lo que hace sonriéndole a mi chica —Se sentó al lado mío.

—Yo creo que esa pregunta se la tienes que hacer a él, pero desde mi punto de vista él está siendo amable con tu novia, tanto que te la puede robar —Sonreí.

Él tomó mis mejillas en sus manos y juntó su frente con la mía.

—Muérete, Lena —susurró.

—No, me extrañarías mucho —susurré con una sonrisa.

Harol rio.

—Ya quisieras —dijo mordiendo mi mejilla.

—¡Auch! — Me quejé mirándolo mal.

Él se fue corriendo bajando las gradas, se giró formando un corazón con sus manos. Me sobé la mejilla derecha.

«¿Qué rayos fue eso?»

Veinte minutos después era la hora de comer y yo tenía que ir rápido al comedor, todavía dolía esa mordida de Harol.

Bajé las gradas rápido y caminé al comedor.

Cogí mi bandeja y busqué mi comida, fui a la mesa de siempre. Raven estaba sentada al lado de Harol, a quien miré mal.

—Lena, ¿qué te pasó? —preguntó Raven agarrando mi cara y girándola.

—Tu novio me mordió —dije mirándolo mal.

—¡Harol! —exclamó—. ¿Ahora eres caníbal? —dirigió su mirada a él.

Él hizo una mueca en forma de disculpa, debió de ser para mí, pero fue a ella. Comí mi comida tranquila, sin un Daniel a mi lado.

Salimos de la universidad camino a casa.

—Oigan, ¿y si vamos por un helado? —sugirió Raven.

—Perfecto —Harol respondió agarrándola de la cintura y besándola.

Sin mi opinión, caminamos a aquella heladería.

El sonido de la campana en la puerta sonó.

—Yo quiero una de chocolate —Raven le susurró algo a Harol, a lo que él le respondió—: dos —Hizo una nueva petición.

Daven me observó mientras pasaba las órdenes de Raven y Harol.

—¿Tú qué deseas? —Su voz resonó en mi cabeza.

—Fresa —dije mirándolo cuando él lo sirvió.

—¿Chispas? —preguntó con una sonrisa—. ¿Mermelada? Se siente rico cuando lo tienes en la boca.

«¿Qué?»

—No, no, está bien así —dije cogiéndolo y desviando la mirada.

Nos sentamos en una mesa.

—¿Qué fue eso? —preguntó Raven—. Ese chico tiene una rara forma de decir que está interesado —Ella rio.

—Hablaba de la mermelada —Lo defendí bajando la mirada.

Ellos siguieron indagando sobre lo que pasó. Raven solo dijo que no me involucrara con él, pero ya era tarde, había aceptado salir con él. Aun así, le contaría al llegar a casa.

CAPÍTULO 6

La puerta del departamento sonaba como si alguien estuviera tocándola, pero la escuchaba lejos, hice una mueca.

«Quien quiera que sea, lo mato.»

Suspiré profundo y abrí los ojos, Raven estaba profundamente dormida.

Y allí estaba yo, caminando a la puerta para matar a quien quiera que estuviera tocando. Mi sorpresa no fue mucha, ya que estaba enojada y me acababa de despertar.

—¿Por qué no te mueres? —pregunté mirándolo mal.

—No, me extrañarías mucho —Su respuesta fue la misma que la mía ayer en las gradas—. Por cierto, eso no se ve muy bien —Tocó mi mejilla, causando que hiciera una mueca de dolor en la misma.

Accedió al interior sin mi consentimiento, pero ya qué, era como su casa.

Fui tras de él y se detuvo mirándome.

—¿Y Raven? —preguntó.

—Durmiendo —dije intentando empujarlo afuera, pero era muy pesado—. Vuelve cuando ella despierte —Puse todas mis fuerzas, pero nada.

Agarró mis muñecas y las levantó quitándome del camino, y se fue por el pasillo.

—Eres muy pequeña y débil —dijo entrando a la habitación.

—No tienes que recordármelo, idiota —Fui a cerrar la puerta y luego a la cocina.

Sería un día largo.

Estaba tirada en el piso. Raven y Harol no habían dado señal de vida, ¿y si iba a ver? Una sonrisa se formó en mis labios.

Me levanté del suelo de la sala de estar y fui a la puerta, no estaba cerrada, estaba media abierta, iba a meter un poco la cara para ver, pero tenía demasiadas ganas de reírme, me pegué a la pared y dejé escapar risas silenciosas, tomé aire y lo solté.

«Ahora sí.»

Asomé la cara y los vi, estaban recostados charlando como niños normales y buenos que son, ¡pero no!¡Ella estaba encima de él con esos movimientos tan eróticos!

Mi boca se abrió automáticamente sin poder respirar.

Volví a la sala y me tiré en el suelo como estaba antes, la única diferencia era que ahora estaba muerta de la risa, pero sin hacer mucho ruido.

Cinco minutos después...

Me quedé mirando al techo blanco, sentía que se me olvida algo.

—¿Qué haces ahí? —preguntó Raven mirándome, Harol venía detrás de ella.

Una carcajada escapó de mis labios, la miré todavía riéndome, Harol frunció las cejas, a lo cual reí más.

La verdad no sabía por qué me reía de aquello, pero la verdad me causaba gracia.

«Vaya, me rio de ellos porque los vi teniendo sexo, me pregunto si también me reiré cuando pierda mi virginidad.»

—¿Qué te causa gracia? —preguntó Raven.

—¿Quieres que te muerda la otra mejilla morsa retrasada? —Harol.

—Vete de aquí, basura humana —dije levantándome.

—Sácame, aborto de lagarto —dijo con una pequeña sonrisa en su boca.

—¿No tienes una cita hoy? —preguntó Raven.

—Oh, mierda, lo estaba olvidando —dije abriendo los ojos.

La risa de Harol resonó en todo el lugar.

—¿Tú tienes una cita? —preguntó riendo.

—Sí —respondió Raven—. Aunque no me agrada mucho ese chico.

—¿Y quién es? —Harol se acercó a nosotras.

—El chico de la heladería —respondió Raven.

—Se llama Daven —dije sonriendo.

—¿Por qué con él? Ese chico es raro, o se ve raro —dijo Harol.

— Porque a Lena le gusta andar de metiche siempre.

—¿Metiche? —preguntó Harol.

—Sí, siempre se está metiendo en donde no debe, por eso le digo metiche —Ella explicó.

—Pero toda tuya —Hice un baile con mis cejas.

—Exacto, toda mía —Raven me lanzó un beso.

—Ulala. Te gustan los *Bad boys* —Él rio.

—Déjame en paz, Harol —dije mirándolo mal.

—Harol —advirtió Raven, entonces él me dejó en paz.

—Ok, ok —dijo levantando las manos.

Comimos y Raven y yo nos alistamos para ir al *Mini Market* y de paso comprar un vestido para la noche.

CAPÍTULO 7

Raven y Harol habían ido al cine, es decir que estaba sola, ya estaba lista, solo esperaba por él.

Me levanté de la cama para mirarme en el espejo, llevaba un vestido tres dedos encima de la rodilla, color rosa pastel, simple, unos botines blancos hasta los tobillos, delineador de ojos, un labial rojo oscuro y el cabello suelto hasta la mitad de la espalda.

Imaginé esa mirada profunda observarme con esa pequeña sonrisa.

Solté un suspiro.

«¿Qué estoy haciendo?»

Un toque en la puerta me sacó de mis pensamientos.

Caminé con mi pequeño bolso colgando del hombro derecho con mis cosas adentro. Abrí la puerta hay ahí estaba él, con esa sonrisa.

Salí y cerré la puerta.

—Te ves hermosa —Esas palabras me hicieron sonrojar.

—Gracias, Daven —dije sin poder mirarlo a los ojos, a veces, en ciertas ocasiones, no puedo tener contacto visual con alguien por alguna razón inexplicable.

Él caminó al auto, yo lo seguí y subí del lado del copiloto, me coloqué el cinturón de seguridad al igual que él.

—¿Podemos conversar un poco de camino? —Eso ayudaría a que fuera un viaje incómodo.

—Claro, ¿sobre qué te gustaría hablar? —preguntó atento al camino.

—Cualquier tema estaría bien —Sonreí.

—¿Qué cosa inexistente quisieras que existiera? —Él preguntó con la vista al frente.

Yo reí.

—Umm, el unicornio —dije con una sonrisa.

—¿Por qué? —Su cara de confusión era tan linda.

Reí, otra vez.

—Bueno, me gustaría saber si es cierto que vomitan arcoíris —Su risa es hermosa.

—¿Sabes qué quiere decir el nombre Unicornio? —Me miró por unos segundos y volvió su vista al frente.

—No... —respondí.

—Bueno, sería "Un Cuerno", "Uni-Cornio" —Estallé en risa, tenía lógica, pero reía porque el tener una conversación con él me ponía nerviosa, pero solo me estaba pasando ahora.

Escuché una pequeña sonrisa de su parte.

Respiré profundo para dejar de reír, pero no pude hasta un minuto después.

Dios, sí que estaba en crisis, este chico me ponía nerviosa.

«Relájate, Lena.»

—Te gusta divertirte, ¿eh, Lena? —Mis mejillas ardieron un poco y bajé la mirada a mis piernas juntando mis dedos.

No respondí, el viaje siguió en silencio, pero un silencio cómodo.

Llegamos a un restaurante muy lindo, no parecía nada formal, había mesas adentro, pero también tenía un lindo camino que llevaba a la parte trasera donde había mesas y luces y flores.

«¡Vaya! Es realmente hermoso.», pensé.

Miré todo mi alrededor, solo había tres parejas presentes.

—Ven —Él tomó mi mano, lo que causó que me quedara mirando aquella acción.

«Me está tomando la mano», pensé mientras miraba su mano agarrada de la mía.

«Pero... También estoy tomando la suya», me dije internamente.

Abrí los ojos bien grandes y saqué la mano de la suya, él me miró sin ninguna expresión, mirada que duró tres segundos.

Nos sentamos, él frente a mí.

El ambiente se estaba tornando un poco incómodo.

—Es muy lindo aquí —dije rompiendo el hielo.

—Sí, me gusta, aunque solo he venido aquí unas dos veces —Una sonrisa se asomó en sus labios.

—Oye, y, ¿por qué ese día en la heladería dijiste eso? —pregunté.

Sonrió, sabía de qué le estaba hablando.

—Por diversión —dijo, se mordió el labio.

—Umm, ok, y, ¿cuál es la razón para tener una cabaña en medio del bosque? — Solté.

—Preguntas mucho —dijo con media sonrisa.

—Lo sé, lo siento —Bajé la mirada.

—No, eso es bueno, así aprendes —Lo miré a los ojos.

Unos ojos muy profundos.

—No soy muy social que digamos —Esa sonrisa se desvaneció.

—Y vives ahí —deduje.

—No, solo voy fines de semana o algunos días libres —explicó.

—¿No tienes amigos? —pregunté.

—Dos —dijo sin más información.

—Antes de trabajar en la heladería, ¿dónde trabajas? —pregunté.

Su mirada se dirigió a mí, fría, no dijo nada, me estaba examinando.

Bajé la mirada.

«No debiste preguntar eso.»

Una risa se escuchó de su parte.

—Yo trabajaba en la SIA —Él respondió a mi pregunta, lo que causó que levantara la mirada—. ¿Alguna pregunta más, mi *lady*?

—De hecho, sí — respondí.

Él sonrió.

—¿Por qué dejaste el trabajo?

—Protección.

—¿Protección a qué?

—A mí —Su respuesta era clara, pero ¿qué causó que tuviera que dejar su trabajo por protección?

—¿Qué pasó? —Indagué más.

—Creo que ya has hecho muchas preguntas —Su mirada se enfrió, yo bajé la mirada.

He visto tantas películas que mis teorías, o bueno, mi teoría más concreta era una, que él trabaja con una pandilla de narco traficantes colombianos.

«Vaya, qué rápido sacas conclusiones.»

Un mesero se acercó y nos atendió. Ordenamos una pizza de queso y pepperoni. Tardó unos minutos en traerla, cuando terminamos de comer él retiró todo de la mesa.

Ese día en la heladería él había mencionado que su padre se había mudado a la ciudad.

—¿Vives con tu madre? —pregunté.

Él me miró.

—Mi mamá murió hace mucho tiempo —respondió.

—Lo lamento —dije con el semblante triste.

—No te preocupes, no me acuerdo de ella, yo tenía dos años cuando murió —dijo él.

Seguimos platicando, él sin hacer ninguna pregunta.

—Gracias por todo —dije sonriendo.

—Gracias a ti —Su sonrisa—. Que duermas bien —Se despidió bajando del porche.

—Tú igual, Daven —Giró en cuanto mencioné su nombre.

Entré a casa cerrando la puerta.

Me gustó esta noche.

CAPÍTULO 8

-Quería pasar este día tranquila —me quejé.

Raven me ignoró por unos segundos.

Me observó.

—¿Y él no te preguntó por eso? —Tocó mi mejilla, aun me molestaba un poco—. No se ve muy bien — Ella se rio de mí.

—Un poco de maquillaje y mi cabello cubriendo, no se notó —dije.

—¿Te imaginas? —Ella estalló en risas.

—¿Imaginarme qué? —Mi confusión fue obvia.

—Nada, olvídalo —Ella se calmó—, pero en serio, él tiene cara de asesino.

—Puede que lo sea, trabajaba en la SIA y salió por protección —Solté sin pensarlo.

Ella se detuvo de golpe.

—Lena, ese chico no es bueno —Ella me miró para seguir caminando a mi lado.

—Raven, tú no lo conoces —lo defendí.

—Tú tampoco, Lena —agregó.

—Daven puede parecer misterio, un poco depravado y frío, pero...

—Aggg, Lena, de tantas chicas te eligió a ti —Me interrumpió.

Me molesté, porque de cierto modo ella no tenía ningún derecho a decidir en mi vida ni decidir lo que me hacía bien o no, y mucho menos de criticar al chico con el que empezaba a salir. Cuando ella solo duró dos semanas conociendo a Harol y ya se acostaba con él.

—Sí, Raven, y de tantas chicas, Harol te eligió a ti, ¿por qué no fue tras otra? —«Porque fuiste la más fácil».

—No es lo mismo —Ella me miró.

—No, sí lo es, primer chico que se fija en mí de una forma sana y, ¿no puedo tener algo con él porque no lo apruebas?

—¿Primer chico? —Ella se detuvo en frente de mí—. ¿Y Daniel ?, hace todo por llamar tu atención y tú simplemente lo ignoras —Ella se cruzó de brazos.

—Daniel solo es un fastidio —repuse.

—¡No, Lena! —gritó atrayendo la atención de todos en la calle—. Él está enamorado de ti, y solo trata de llamar tu atención, dale una oportunidad a él.

—No es mi tipo, Raven, piénsalo, es como si tú le hubieras dado una oportunidad a Benjamín, lo cual no hubiera pasado nunca porque ya habías conocido a Harol —Ella bajó la mirada y suspiró.

—Pero a Daniel llevas mucho tiempo conociéndolo.

—Pero no me atrae —le respondí.

—Solo digo que él se ve peligroso, no quiero que te haga daño Lele —Ella me abrazó, abrazo que le correspondí.

—Tranquila, soy más inmortal que *Wolverine* —Ella rio.

—Lo que es irónico porque muere —Siguió riendo.

—Dije que soy más inmortal que él, no que soy inmortal como él —Las dos reímos y seguimos caminando.

CAPÍTULO 9

Una semana después...

La brisa fría de invierno chocaba en mi cara, mi paso no era apresurado, era normal, el sonido de las ramas bajo mis pies me delataba, el sol se estaba ocultando y estaba sola en medio del bosque, bueno, en medio no porque si fuera en medio me hubiera encontrado con la supuesta cabaña de Daven. Me sentía extraña, es decir, yo, obviamente, estaba en este lugar con un objetivo, no un objetivo con exactitud, sino que tenía curiosidad de ver esa supuesta cabaña, no era normal que alguien tuviera una cabaña en medio del bosque, quizá su papá era asesino y la usaba para ocultar los cuerpos de las personas que mataba, y ahora su hijo le seguía los pasos.

«Creo que no la encontraré», pensé.

Miré la pantalla de mi teléfono para ver la hora, las 5 con 58, había estado caminando desde las 4:30 y no estaba cansada.

Seguí caminando por unos 5 minutos más.

Entonces, encontré un lago, se veía hermoso, sería una buena idea sacar fotos allí para la clase de Fotografía, ya por fin las clases normales acababan y entraría a las que había estado esperando todo el tiempo, decían que era genial, ahí todo era relajado, solo esperaba poder encajar y poder hacer amigos.

«¿Cómo es que él vive sin señal por aquí?»

Hummm.

Solté un suspiro.

El frío empezaba a bajar, me abrigué bien y me senté en una roca.

10 minutos después.

—¿Qué haces aquí? —Esa voz.

Me sobresalté un poco al notarlo en frente de mí.

—Nada, eh, yo, solo...

Mierda.

—No deberías estar aquí sola —dijo en un tono dulce, y se sentó a mi lado. Nuestras miradas se encontraron—. Tienes lindos ojos —Sonrió—, están brillando.

Mis mejillas ardieron un poco, bajé la mirada.

—¿Por qué haces eso cuando te hago un cumplido? —preguntó riendo levemente.

—No lo sé —dije con voz tímida.

—Tienes que aprender a controlar tus emociones —Tocó mi pierna, me tensé y mi respiración se agitó.

Una risa de su parte salió.

—¿Ves? Eres muy obvia —Él quitó su mano con suavidad y se levantó para irse.

—¿Adónde vas? —pregunté tras él.

—A ningún lado —Se detuvo dándose la vuelta quedando frente a mí.

Sus ojos me recorrieron de pies a cabeza con una sonrisa un tanto pervertida.

Se acercó más.

—Tienes linda figura —Iba a bajar la mirada, pero me levantó la cara haciendo que lo mirara—, lindas curvas —Sus ojos brillaron—, lindo trasero —Entonces sus manos bajaron por mi cuello de forma suave hasta llegar a mi cintura—. Me pregunto cómo te verías desnuda —Apretó su agarre y yo solté un pequeño gemido de sorpresa.

El rio alejándose de mí.

—¿Por qué te ríes? —pregunté.

—Pensé que no eras virgen —Se sentó en una roca sin mirarme.

—¿Qué tiene de malo? —pregunté.

—Nada, preciosa —dijo con media sonrisa.

—¿No te gustan las vírgenes? —Me pegué a un árbol que estaba frente a él y su vista se fijó en mí.

—No he dicho eso.

—Responde —le exigí.

—Exigente —ladeó su sonrisa.

—No me has respondido —dije.

—Bueno, ¿y qué quieres que te responda? —Sonrió.

Lo observé con ironía.

—Te burlas de mí —Me puse seria.

—No lo estoy haciendo.

—Te gusta evadir —Mordí mi labio.

—Y a ti te gusta interrogar —respondió.

Él sonrió con su mirada en otro punto.

—Vale —añadí.

—¿Te gusta que te maltraten, Lena? —Sonreí.

—¿Te gusta maltratar a las chicas, Daven?

—En especial a las que son como tú —Su vista se encontró con la mía de nuevo.

—¿Como yo?

—Si, así, las dulces, las que quieren dar la imagen de inocentes, son unas estafadoras.

—No entiendo.

—Estás buscando mal —Noté su mirada oscurecerse.

—¿A qué te refieres? —pregunté a lo que él había dicho.

Él se levantó y caminó hacia mí tomándome del cuello con delicadeza, aunque un poco brusco, y pegando sus labios con los míos, su lengua entró en mi boca, sus labios besaron los míos, dejé escapar un gemido, se retiró un poco y una sonrisa se formó en sus labios.

—Ya eres mía, querida Lena.

CAPÍTULO 10

Daven

-Ya eres mía, Lena —susurré en sus labios.

Su cara de confusión me hizo reír.

—¿Cómo que tuya? —Me alejé de ella sentándome otra vez en la roca.

No le respondí, ella mordió su labio sin apartar la mirada de mí. De repente, se acercó sentándose justo a mi lado.

—¿No me dirás? —ella insistió.

Me gustaba que preguntara, me gustaba la manera en la que lo hacía, no tenía ni puta idea del por qué.

—¿Qué cosa? —Sonreí mirándola.

Parecía irritada.

—Lo que me dijiste, que ya era tuya —La confusión en su voz me hizo reír un poco.

—Lo eres, ¿tú no quieres ser mía? —La miré serio.

—Y, ¿qué beneficios tendría yo? —Su repuesta me hizo sonreír.

—Yo no soy Christian Grey, Lena, yo no hago esas cosas —Le dejé saber por las palabras que había dicho, parecía una chica muy risueña.

Sonrió.

—No dije que lo fueras, no pareces ser malo, aunque de cierta forma lo demuestres —La ternura en su voz me tranquilizaba.

—Eres una dulzura —Sus mejillas se tornaron rojizas.

—¿Acaso no dijiste que las de mi tipo son estafadoras? —Interesante movida.

—Lo son.

—¿Cómo sabías dónde vivo? ¿Me espías?

—¿Espiarte? No.

—Bueno —Cruzó sus piernas y entrelazó los dedos.

No pude evitarlo, ¿de dónde salió esta chica?

—Eres una ternura, Lena.

—Sí, ya lo me lo habías dicho —Miré hacia el cielo, la poca luz del sol que quedaba se había apagado, ahora estaba la luz tenue de la luna.

—¿En serio quieres salir conmigo? —Su sonrisa se iluminó.

—Raven dice que te ves peligroso —Sus ojos me observaron—, pero ahora, aunque no lo creas, te ves más vulnerable que un vaso de cristal.

—¿En serio?

—Sí —bajó su mirada.

—Tú no deberías tener ningún contacto conmigo —Suspiré, pensé que se iría, pensé que ya no la volvería a ver después de esto.

—¿Por qué? —Las preguntas de nuevo...

—Estoy bajo protección, todo lo que me rodea estaría en peligro, por eso paso la mayor parte del tiempo en la cabaña, es decir, aquí —le dije.

—Pero ¿por qué? ¿Qué hiciste?

—No puedo decirte, es confidencial...

—Tendrías que matarme —La mire incrédulo.

—Ves muchas películas, y no, no tendría que matarte, aunque me gustaría hacerlo —La observé serio y frío, la sonrisa que estaba en sus labios se desvaneció—. No es cierto, no soy asesino, aunque ya deberías de saberlo, ya que preguntas mucho.

Ella rio.

—Ya entendí, eres frío y calculador cuando te da la gana, y puedes asustar a quien sea sin ningún problema, pero en realidad eres una niñita —¿Qué?

—¿Cómo que niñita? —pregunté.

—Tienes que mostrarme tu expediente de psicología, ¿o sería psiquiatría? —La miré. Era increíble como ella sacaba conclusiones tan rápido.

—¿Niñita? —repetí.

—Es broma, obvio que no eres una niñita, eres un niñito —La fulminé—. No, solo bromeo —Su risa dulce me hizo sonreír.

—¿Bromeas a menudo? —pregunté.

—No, ni siquiera lo hago, no sé qué me pasó ahora —Hizo una mueca.

—Creo que será mejor que te lleve a casa —dije, no me gustaba estar aquí por las noches.

—Puedo irme sola —Se puso de pie.

—Está oscuro y hace frío.

—Lo sé, tengo ojos y sentido del tacto —Otra broma—, y me sé cuidar sola.

—Te acompañaré hasta la salida —propuse.

—Sí, por favor, y gracias —Mi confusión se hizo obvia.

Esta chica era rara.

Iba detrás de ella con las manos en mi bolsillo.

Desde allí se veía hermosa.

No quería ponerla en peligro, esa chica no se merecía eso, pero tampoco la quería lejos de mí, era como la primera vez que vía a Magie, me hechizó de inmediato, pero ella ya no estaba, la había perdido, por mi culpa, pero si Lena se quedaba conmigo, prometía cuidarla.

CAPÍTULO II

Apenas eran las 3:13 a. m. y no podía dormir pensando en todo lo que había pasado, el beso y las palabras, "Eres mía Lena", "Todo lo que me rodea estaría en peligro".

No sé qué quiso decir con eso, pero si lo que quería era mantenerme pensativa, lo estaba logrando, pero de pronto todo eso se olvidó cuando Lucy pidió comida, Lucy era mi barriguita.

«Bueno, Daven, tendrás que esperar.»

Bajé de la cama y abrí la puerta lentamente para no despertar a Raven.

Hacía una semana había dormido con ella en mi habitación porque charlábamos, y hoy, bueno, por lo mismo.

Cogí un yogur de fresa en un recipiente y le puse cereal para mezclarlo, una sonrisa se dibujó en mis labios, «muy bien que estuviera cuidando mi figura», como si eso me importara.

Reí.

Me senté en el suelo de la cocina a comer.

«Tanto que hablamos y no intercambiamos números.»

Si tuviera su número, definitivamente no me importaría despertarlo ahora mismo, supondría que ahora mismo estaría enterrando el cuerpo de alguna víctima, pero ya había dejado bastante claro que no era asesino, o bueno, eso lo creía si quería.

Pero ese beso, un beso tan dulce, me gustó mucho en verdad.

—Un dulce beso —susurré como una boba.

Suspiré.

—¿Por qué suspiras de esa forma? No me digas que es por ese chico —Me atraganté.

Literalmente, estaba convulsionando, no podía respirar.

Escuché su risa. Cuando por fin pude respirar, lo hice con profundidad.

—¡¿Qué diablos haces aquí?! —grité con todas mis fuerzas y con el poco aire que me quedaba.

—Shhhhh, vas a despertar a Ray —Él rio.

—Hijo de ....

—Okay, mira que llegaste muy tarde, me quedé esta noche, estaba en la habitación de Raven —Eso explicaba mucho, ya que no había entrado a mi habitación y cuando llegué, Raven estaba en la cocina—, y me quedé dormido.

—¿Por qué te quedaste?

—No iba a dejar a mi chica sola —se defendió colocando su mano en el pecho.

—¡Ajaaa! Claaaroo —dije con sarcasmo.

—Tú sabes mucho, tendré que matarte.

—Para después estar llorando, ¡Ay, Lena, ¿por qué te fuiste ?, Lenaaaa! —Él estalló en risa—. Te ríes, pero es verdad —le apunté con la cuchara.

—Ya quisieras, Marmota.

—¿Qué no se puede dormir aquí? —Raven apareció enojada.

—No —dije seca, ella me miró mal.

—Lo siento, querida, es que la mona ésta no sabe callarse —Él caminó hacia Raven abrazándola y mirándome en forma de burla.

—Si, culpen a la niña de la casa —Hice un puchero.

—Eso podrá funcionar con tu amado Daven, dulzura, pero no conmigo — dijo Harol tomando la mano de Raven para llevársela a la habitación, pero ella se resistió.

—¿Cómo que amado Daven? —preguntó Raven.

—Cuando entré a la cocina ella estaba susurrando "dulce beso", y no hay que ser un genio para saber que se besaron —Lo fulminé con la mirada.

—¿Por eso llegaste tan tarde? ¿Te volviste a ver con él, Lena? —Rodé los ojos.

—¿Qué tiene de malo Raven? —dije esperando su razón.

—No te diré nada más, Lena —se dio la vuelta para irse.

Harol me lanzó un beso.

Ramero.

Me levanté dejando todo en el lavaplatos y me fui a mi habitación, me tiré en la cama para dormir.

—Vamos chicos, quiero grupos de cuatro —Mi nuevo profesor era todo lo contrario a lo que me había imaginado.

Él era amable.

—Okay, ya que son muy obedientes, lo haré yo —En realidad, nadie le hacía caso.

Pensé que por eso no habían hecho los grupos, yo me quedé quieta como una piedra, esto era una nueva área para mí, no me sentía cómoda, no conocía a nadie y, bueno, yo era la *friki* a la que nadie miraba para poner en su grupo.

—Tú, aquí, Brian, ¿qué haces? Estoy empezando a pensar que tienes problemas psiconeuronales —¿Qué?

—¿Eso existe? —murmuré.

—Creo que sí, pero tal vez no, él es un diccionario con palabras que no existen y está loco por dejarlas salir, siempre dice algo fuera de lugar, patológicamente, él está más loco que Brian —¿Qué demonios dijo?—. Soy Louk Reinols, Brian es mi hermano.

—Lena Millar —dije sin hacer contacto visual.

—¡Brian, muévete! —La voz del profesor hizo eco.

Brian quedó a mi lado.

—Hola —dijo Brian sonriendo.

—No —Louk se pasó la mano por la cara.

Ellos empezaron una conversación, pero me distraje con una silueta alta y de cabello desordenado, se me hacía conocida, me levanté y fui a la puerta, y cruzando, ahí va.

¿Lo conozco? ¿Es Daven?

—¿Daven? —dije y fui tras él—. ¡Oye! —Me puse en frente de esta persona, pero no era él.

—Hola dulzura —Una sonrisa apareció en sus labios, una sonrisa extraña, atrayente, esa sonrisa.

Mi corazón se aceleró junto con mi respiración.

—Jensen —Di unos pasos atrás.

—Querida Lena, nos volvemos a ver —El aire desaparecía.

No puede ser.

No él.

CAPÍTULO 12

Jensen... Jense es el chico con el que pasé gran parte de mi vida, Jensen lucia más peligroso que Daven, estaba segura de que sí lo era, no quería volver a verlo, pero ahí estaba.

Empecé a caminar pasándole por un lado para regresar a mi clase, pero él me tomó del brazo con fuerza, sin halarme, solo sosteniéndome.

—¿Sabes que es de mala educación no saludar a las personas cuando estas te saludan, Lena? —No dije nada—. ¿A dónde te diriges? —Hizo otra pregunta, no tenía intención alguna de contestarle.

Su mirada cayó sobre la mía, fría y oscura.

—No estoy para tus jueguitos de muda, Lena, aunque me haya ido, aún me perteneces y a menos que no quieras que empleé mis juegos contigo otra vez, no me apliques la ley del hielo, hermosa —Mi respiración se agitó.

—Voy a mi clase —dije apenas audible, una sonrisa se dibujó en su rostro.

—Así me gusta, empezamos bien —No iba a preguntarle qué hacía ahí, porque no me importaba, pero se suponía que no debía volver.

Me soltó y yo inmediatamente seguí mi camino, cuando llegué al aula, el profesor no estaba, entonces me senté en una esquina, en la parte de atrás, tenía que pensar, no tenía idea de qué iba a hacer ahora que Jensen había regresado, mis nervios estaban a flor de piel, nadie sabía de esto, ni siquiera Raven, y si se enterara sería un caos, lo que Jensen me hacía era horrible, no sé cómo llegué a él, pero eso no trajo nada bueno.

Cuando yo tenía 17 años, me gustaba explorar, pero en el sentido de indagar con personas nuevas, personas diferentes, pero estaba el problema de que conocer personas por mi propia voluntad no estaba y nunca estuvo en mis planes, ya que mi timidez no me lo permitía, y yo tampoco era una chica muy apegada a las redes sociales, pero ese día había sido la excepción; yo estaba indagando en las redes, luego una cuenta con un nombre de usuario muy extraño y misterioso me empezó a seguir, entré a su perfil y no había publicaciones, me olvidé de eso y no lo seguí, pero entonces, unos días más adelante, a media noche, mientras estaba en mi laptop, un mensaje de ese usuario apareció, era un mensaje muy extraño que al momento pareció insignificante, decía "¿Te gustan los juegos?", ahí empezamos a hablar hasta que un día él decidió que me quería ver, yo tan curiosa acepté porque quería saber quién era ese chico.

Bueno, el punto es que yo acepté y él me agradó ya que me había vendido una personalidad falsa y me invitó a salir un par de veces más, en ese entonces él tenía 18 años, ahora tenía 22, pero lo que no sabía era que cada vez que salíamos estaba haciendo lo incorrecto por más normal que parecía, me pidió que fuera su novia y yo acepté, y luego pasó lo que pasó, él me enseñó una faceta que nunca en la vida hubiera creído que tenía, a él le gustaba el maltrato, físico para ser exactos, pero estos maltratos no se dieron de inmediato, con el paso del tiempo él fue cambiando de alguna forma, él era muy inteligente porque me maltrataba en zonas que no dejaba ver las marcas, me halaba el cabello cuando me besaba, también apretaba mi cuello y todo esto empezó para mí ese día, el día en que salimos por primera vez, estaba tomando una mala decisión.

—¿Todo bien? —Louk estaba frente a mí sonriente.

Le Sonreí de vuelta.

—Sí —mentí porque a veces mentir hace más bien que la misma verdad.

CAPÍTULO 13

Iba saliendo, Raven no estaba conmigo, ya no, ya nuestras clases habían tomado rumbos distintos, ella estudiaba administración de empresas y yo fotografía, por ende, no sabía dónde estaba.

Me detuve en seco cuando lo vi parado frente a su auto, con esa mirada fría observando a todos hasta que se fijó en mí, una pequeña sonrisa salió a relucir, me acerqué a él.

—¿Qué haces aquí? —Fue lo primero que salió de mis labios.

Él puso cara de que no le importaba nada.

—Hola, Lena —Su voz hizo eco en mi cabeza.

—Hola, Daven —Saludé con una sonrisa falsa, no estaba de humor por todo lo que había pasado respecto a Jensen.

—¿Está todo bien? —preguntó.

—Sí —Miré a los lados.

—¿Subes? —preguntó con las cejas fruncidas.

—Sí, por favor —dije dando la vuelta.

Antes de subir, mi mirada se encontró con la de Jensen, estaba parado en la puerta de la universidad, me miraba como que si lo que estaba a punto de hacer fuera un error.

—Lena, ¿estás bien? —La voz de Daven me hizo reaccionar y entonces terminé de subir, sentía la necesidad de contarle lo que pasaba, pero no era capaz de hacer algo así—. Oye —Su voz me sacó de mis pensamientos una vez más.

—Estoy bien, no te preocupes —dije bajando la mirada.

Él encendió el auto poniéndolo en marcha.

—No me gustan las mentiras, Lena —No me atreví a mirarlo—, solo quiero saber si estás bien realmente —Mantuvo su vista en el camino.

—Estoy estresada —dije, porque en realidad eso era lo que sentía, estrés.

—¿Tareas? —preguntó.

—No, cosas personales —dije.

No recibí ninguna respuesta.

Después de unos minutos me di cuenta de que no íbamos a mi departamento.

—¿A dónde vamos? —pregunté mirándolo.

—A mi casa —dijo sin más.

No quise indagar mucho, en serio sí estaba cansada.

Nos detuvimos en una casa hermosa con un lindo jardín y buena apariencia, salimos y nos fuimos por el caminito que conducía a la puerta, él me dejó entrar de primera, yo me detuve a unos pasos a esperarlo.

—¿Me permites? —Me quitó la mochila y la chaqueta—. ¿Qué te sucedió ahí? —preguntó acariciando la pequeña marca que había dejado Jensen cuando me apretó.

—Un mal entendido —dije sacando mi brazo despacio de sus manos, él me miró fijamente.

—¿Quién fue? —Su voz pasó de ser cálida a fría.

Enganchó la chaqueta y la mochila.

Yo lo ignoré y caminé al interior de la casa, vivía muy bien para ser alguien que vendía helado.

—Lena —Su voz fue igual de fría como hacía un momento.

—Tu casa es linda —dije elogiando todo y continuando mi paso a la cocina.

—Oye, dulzura —Tomó mi brazo haciendo que lo viera a los ojos, esos ojos brillaban, me haló suavemente hacia él, juntando nuestros cuerpos y poniendo su otra mano en mi cintura, tenía que mentirle.

—Estábamos en el comedor y Raven me haló hacia ella, no es nada, mi piel es muy sensible —me excusé.

Dejó un beso húmedo en mis labios, uno que me hizo desear más, él se iba a alejar de mí, pero lo besé rodeando su cuello con mis manos, su mano exploraba mi cuerpo, sin embargo, él se alejó poniendo un alto, mis ojos se abrieron, mi respiración estaba agitada al igual que la suya.

Acarició mi mejilla.

—¿Quiere algo de comer o beber? —preguntó, aún mantenía mis ojos en los de él.

—No —susurré.

—Ven —Tomó mi mano para llevarme al sofá.

Él se sentó, yo me recosté poniendo la cabeza sobre sus piernas.

Con él me sentía cómoda y me gustaba experimentar esa sensación que no podía sentir con nadie más, ni siquiera con Jensen.

CAPÍTULO 14

Abrí los ojos lentamente, el lugar estaba oscuro, pero no mucho porque algo podía ver, me pasé las manos por la cara y solté un suspiro, dejé caer las manos sobre mis piernas y sentí la suave tela bajo las mismas.

Me confundí, ¿dónde estaba?

Miré a mi alrededor, estaba en su habitación, en su cama, bajé, no tenía mis zapatos, solo la ropa, salí de la habitación bajando aquellas escaleras, entonces me senté en el sofá, no parecía haber nadie en la casa.

Unos minutos después, la puerta de la entrada se abrió y él entró.

—Oh, pensé que no despertarías ahora —Caminó hacia mí.

—Hace un ratito —dije todavía soñolienta.

—Se nota —sonrió.

—¿Qué hora es? —pregunté.

—Ya son las 9:00 PM. ¿Quieres algo de comer?

—¿Dónde estabas? —seguí preguntando.

Él fijó su vista en mí por unos segundos.

—Resolviendo unas cosas —respondió—. ¿Quieres comer? —insistió.

—¿Qué cosas? —indagué más.

—Asuntos privados —Bajé la mirada para no verlo—. ¿Entonces, vas a comer?

—Me tengo que ir, ya es tarde, Raven debe estar preocupada —Me levanté buscando mis zapatos con la mirada, pero nos los vi—. ¿Y mis zapatos? —lo miré.

—En la habitación —respondió mirándome extraño, no le puse mucha atención y subí las escaleras para llegar a la habitación, busqué el interruptor y encendí la luz, y ahí estaban los zapatos junto a la cama.

Me senté en el borde y empecé a ponérmelos.

—¿Por qué tanta prisa? —Apareció parado en la puerta.

Levanté la mirada unos segundos para verlo, pero la volví a bajar para terminar de ponerme los zapatos.

—Tengo cosas que hacer —dije por fin terminando.

—¿Qué cosas? —preguntó.

—Cosas personales —dije deteniéndome frente a él.

—¿Qué tipo de cosas? —volvió a preguntar.

—Y así soy yo, la preguntona. —Me crucé de brazos.

Nuestras miradas se encontraron una vez más, mordí mi labio con dureza, dejando escapar un pequeño suspiro.

—Cosas —susurré.

Pasé por su lado bajando las escaleras, escuché sus pasos detrás de mí, tomé mi mochila y me puse la chaqueta, el sonido de sus llaves se escuchó.

Salimos de la casa para subir a su auto y me puse el cinturón.

—Tengo que estar en contacto contigo —dijo mientras conducía.

—¿Tú crees? —pregunté sin quitar la vista del camino.

—¿Por qué estas así?, ¿algo te molestó? —preguntó.

—No pasa nada —mentí otra vez, la verdad es que me sentía horrible con la llegada de Jensen, me sentía jodida.

—Te dejé pasar la de la marca en el brazo, pero esta no, es obvio que lo que está pasando te está fastidiando.

—Daven —dije sin más.

—¿Qué? —preguntó—. ¿No puedo preocuparme?

—¿Por qué querrías preocuparte si apenas me conoces? —dije.

—Solo quiero que estés bien.

—Está bien, pero eso no te da derecho a meterte en mi vida —dije en un tono frío.

Él no respondió, llegamos a mi departamento y desabroché mi cinturón.

—Lo siento, no debí haber dicho eso —dije.

—No te preocupes, no volverá a pasar —soltó con la voz fría y sin mirarme, su mirada estaba fija en la calle.

Bajé del auto y entré a mi departamento, todo estaba apagado y no había ruido.

«Qué raro», normalmente Raven estaba en casa a esa hora.

Caminé por el pasillo a mi habitación, al pasar vi la puerta de la habitación de Raven abierta, así que entré.

Raven estaba durmiendo entre los brazos de Harol, ellos eran, simplemente, perfectos, «¿cuándo podre ser feliz así?».

Nunca supe que era tener un novio cariñoso, tener a alguien que te cuide y te ame, que se preocupe por ti, que siempre esté ahí, cuando lo necesites.

En cambio, me tocó un Jensen.

La vida no era justa, a veces sentía como si nada valiera la pena y solo quería tirar todo a la basura.

A veces, solo quisiera tener a alguien que me escuche y me entienda.

CAPÍTULO 15

Había pasado una semana desde que estuve en casa de Daven y no había sabido nada de él, y tengo que admitir que estaba muy preocupada porque, de una forma u otra, yo lo quería cerca de mí.

Tenía planeado ir a la heladería después de la clase, no tenía idea de si le había sucedido algo.

—Bien chicos, quiero que estudien todo eso y la próxima clase estaremos en la fase que todos esperan, la fotografía —anunció el profesor mientras recogía mis cosas—. De acuerdo, chicos, nos vemos mañana —Me levanté camino a la puerta.

Increíblemente, no había visto a Jensen en una semana, «¿qué será lo planea?», me pregunté.

Mi paso a la heladería fue tranquilo, estaba segura de que lo iba a encontrar ahí. Sin embargo, al llegar me encontré con que el lugar estaba lleno, había una fila larga y el sonido de la campaña me molestaba.

Asomé la cabeza hacia la barra, pero no lo vi, caminé al lado de la fila para acercarme a la barra.

—Oye, tienes que hacer fila —Escuché la voz de un chico delante de mí captando la atención de todos.

Lo miré mal siguiendo mi camino.

—¿Que no escuchaste? —volvió a preguntar, por alguna razón me molestaba.

—Oye, ¿por qué mejor no prestas atención a tu vida y me dejas en paz? —advertí en un tono amenazante.

Seguí hasta la barra y me detuve, estaban dos chicas y un chico, pero nada de Daven.

—Disculpa, ¿está Daven? —pregunté a la chica que me miró un poco extraña.

—Daven ya no trabaja aquí —me dijo el chico observándome—, pero si necesitas decirle algo, puedes confiar en mí, soy su mejor amigo —Este debe ser uno de los que Daven había dicho.

—No, eh, yo ... —«¿Qué me pasa, mierda?»

—Tranquila, le diré que viniste —Le sonreí—. ¿Cuál es tu nombre?

—Lena Millar —dije con amabilidad.

—Yo le digo, Lena. —me dio una sonrisa.

Me di la vuelta para irme.

Respiré hondo. Segundo lugar donde podía buscarlo: su casa; bueno, caminaría un buen rato.

Estaba nerviosa por encontrarlo, no sabía por qué, nada malo me iba a pasar.

Respiré hondo, apenas iba por la mitad del camino.

Al llegar toqué el timbre, pero nadie respondió, de seguro estaba durmiendo, toqué tres veces más.

—No está en casa, hace cuatro días que no veo al señor Lawell —dijo una señora como de 50 años.

«Lawell.»

—Oh, de acuerdo, muchas gracias —contesté para ir al camino.

«No podría estar en la cabaña porque él dijo que solo iba allí los fines de semana y hoy es miércoles», me dije a mí misma, aun así, iba a ir, tenía esa necesidad de verlo, de estar con alguien.

Literalmente no sabía a donde iba, solo estaba caminando hacía un punto muerto para encontrarme con el sendero de siempre, rocas y ramas es lo que más había, si tan solo hubiese tenido su número podría llamarlo y no estaría buscándolo como loca, aunque igual no hubiera podido llamarlo, ya que allí no había señal, debí preguntarle al chico de la heladería dónde estaba Daven, tal vez él sabía y como no pregunté, él no sintió la necesidad de decirme, ya lo habría encontrado.

Me encontré con el sendero nuevamente, entonces, si para salir era por allá, debía ir por aquí, entré al sendero caminando para saber a dónde me lleva.

Después de media hora de caminata ya estaba cansada, pero por fin vi la casa y lo vi a él sentado con su teléfono.

Él no me notó hasta que hablé.

—Daven —llamé.

Sus ojos me miraron de inmediato, una mirada de confusión tiñó sus cejas.

—¿Qué haces aquí? —preguntó, dejó su teléfono y miró a todos lados como si estuviera buscando algo.

—Estaba buscándote, fui a tu casa y a la heladería, por cierto, ¿por qué dejaste el trabajo? —me acerqué a él.

—No es para mí, ¿por qué me buscabas? —preguntó confundido—. ¿Pasó algo?

—No, solo que tenía una semana que no te veía —dije sonriéndole.

—Pensé que eso querías — me miró fijamente.

—No, es que a veces actúo así, pero no es que quisiera hacerte sentir mal, es que solo...

—No pasa nada —me interrumpió—. Tienes trastornos de bipolaridad —«¿Qué?»

—¿Que tengo qué?

—Estudio a las personas a mi alrededor, y a las que me importan, para saber cómo tratarlas —Nuestras miradas se encontraron. Le di una mirada incrédula y me sonrió—. Estoy jugando.

Su teléfono sonó.

¿Aquí hay señal?

—Bien —Lo escuché decir dejando su teléfono.

Él se levantó cerrando la puerta de la pequeña cabaña.

—¿Qué sucede? —pregunté al verlo preocupado.

—Tengo que llevarte a tu casa —dijo tomando mi mano y arrastrándome con él sin darme tiempo a reprochar.

CAPÍTULO 16

Íbamos en su auto a una velocidad normal, hizo un giro a la derecha desviándonos del camino que conducía a mi departamento, yo todavía seguía preguntando qué había pasado.

—Y, ¿me piensas decir? —pregunté insistente.

—No puedo decirte —dijo sin quitar la vista de la carretera.

—¿Por qué?, ¿tendrías que matarme? —Lo observé.

—!!Que no!! —se quejó, provocando que me confundiera aún más.

—¿Por qué me hablas así? —Bajé la mirada.

A lo único que no pude acostumbrarme de los maltratos de Jensen fue a los gritos, odiaba que me gritaran.

—Lo siento, oye, no puedo pensar con tantas preguntas, y esa ya me la habías hecho —Su disculpa sonó bastante sincera. De pronto, detuvo el auto en un lugar extraño, era como una oficina o algo así—. Espera aquí —Lo miré.

—¿Quieres que te espere aquí, sola? —Hice drama porque en realidad quería saber qué había allí adentro.

—Lena, solo será unos minutos —Me miró incrédulo.

—Eso es suficiente para que alguien me secuestre, incluso me asesine —Lo miré con cara de preocupación.

—Okay, parece que tienes deseo de morir —dijo bajando del auto, yo hice lo mismo.

—¿Por qué? —Caminé tras él.

—Porque últimamente has mencionado: matarme, asesinarme —Se detuvo en frente de la puerta para mostrar una identificación y la puerta abrió.

«Qué raro.»

Él tomó mi mano y me haló hacia él, caminamos por un pasillo y él mostró su identificación una vez más, entonces una puerta de metal se abrió.

Había personas en computadoras y otras en escritorios.

Dejé escapar una risita burlona.

—¿Ésta es el departamento de la SIA? —Las miradas de todo el personal cayeron sobre nosotros.

—Solo es una mini instalación —Cerró los ojos.

—Daven —Un hombre de unos 40 años se aproximó a nosotros, su vista se fijó en mi—, ¿tu amiga? —preguntó. Daven me miró de arriba hacia bajo para luego caer en mis ojos.

—Algo así —Entonces dejó de mirarme.

Yo no pude evitar guiar mis ojos hacia abajo.

«¿Algo así?»

Hasta me besó... Hombres.

Dave me guió hasta una fila de asientos.

—Espera aquí —Me empujó un poco y caí sentada.

Mis ojos lo siguieron hasta que entró a una sala y no lo vi más. De repente, mi teléfono vibró indicando que me había llegado un mensaje.

Era Raven:

¿Dónde estás?

Yo le contesté:

Ocupada... ¿por...?

Raven:

No sé nada de ti desde esta mañana, al menos me hubieras avisado que no vendrías a casa temprano, o no sé, solo digo.

Yo:

Sí, lo siento, es que me entretuve tanto que no he contactado a nadie.

Raven:

Ah sí, tu papito esta aquí, llegó hace un rato.

Mi papá, ¡demonios, mi papá!

Yo:

Dile que ya llegaré pronto.

Raven:

Está bien.

Guardé mi teléfono.

Tenía que irme, si papá se enteraba que estaba saliendo con alguien, de seguro montaría una fiesta y todo, aunque no lo podía llamar cita, ya que apenas nos conocíamos, según él , y, por lo que había dejado claro, sabía más de mí de lo que aparenta saber.

«¿Como saldré de aquí? ¿Busco a Daven o me voy por mi cuenta? Creo que me iré por mi propia cuenta. Si hubiera estado en él auto, ya me hubiera ido.»

Procedí a levantarme e ir a la salida, todos estaban concentrados y muy metidos en sus computadores.

Fui por un pasillo, un poco largo, a decir verdad.

—Oye —Me giré para ver quién me interrumpía, tan valiente esa persona.

Y ahí estaba, una chica de piel blanca, cabello rubio y ojos de color.

«¿Les he mencionado que no tiendo a llevarme muy bien con las chicas?, bueno, con algunas personas, y menos con los desconocidos.»

—¿Qué haces aquí? —Iba a responder, pero me interrumpió con otra pregunta—. ¿Quién eres?

—Solo quiero salir, tengo una emergencia —dije amable.

Mis ojos se encontraron con los de ella, sentía la necesidad de girarme y seguir mi camino para ver qué reacción podía causar en ella.

«Me encanta provocar.»

Daven

—¿Sería seguro? —le pregunté a Marck mientras volvíamos a la sala.

Miré hacia donde había dejado a Lena hacía 15 minutos, pero ella no estaba, busqué con la mirada a mi alrededor, pero nada.

—¿Ella sabe? —Marck me observó esperando una respuesta.

—No —caminé hacia el pasillo que daba a la salida.

Ahí estaba junto a Kler, haciendo no sé qué cosas, una pequeña sonrisa cruzó mis labios, caminé despacio, tenía curiosidad de lo que estuvieran hablando.

Al acercarme, las voces se hacían más claras, no parecía una buena conversación.

CAPÍTULO 17

Daven

—Te he preguntado tres veces cómo entraste aquí y no me has respondido —La paciencia de Kler parecía agotarse.

Lena rodó los ojos en sinónimo de fastidio.

—¿Que no ves que entré caminando, estúpida? —Un insulto dejó sus labios rosados.

Nunca la había visto así, y mucho menos insultando, cada vez que la veía estaba calmada, a veces tímida y muy preguntona, algo que me encantó de ella, aunque a veces irritaba, pero por lo que veía ahora, su personalidad tendía a cambiar cuando estaba frente a personas que no conocía, me gustaría investigar más sobre esa personalidad que parecía ocultar.

Sus ojos se posaron en mí, su mirada de alivio y un suspiro se hicieron presente, sonreí al verla caminar hacia mí.

—Sácame de aquí —La súplica en su voz era obvia.

—Daven —escuché la voz de Kler, la observé—. Solo personal autorizado, ¿recuerdas? —Le hice un asentamiento de cabezas.

—Ella está conmigo —Le hice saber.

—¿Contigo?, ya veo lo que viene, y no quiero esperarlo —Desapareció de mi vista.

—¿Cómo que "lo que viene"? —Sus ojos observaron los míos esperando una respuesta.

—¿Por qué no esperaste donde te dije? —le pregunté.

—Tengo que irme —Su voz sonaba distinta, un sonido que nunca le había escuchado.

—No, yo te llevo, solo necesito quince minutos —La observé, por instinto acaricié su mejilla.

—¿Qué haces? —Ella se apartó—. No me toques, apenas nos conocemos —dijo ella sin motivo alguno, al menos para mí.

—¿Como que apenas nos conocemos? — Confundido formulé la pregunta.

—Eso le dijiste al hombre cuando te preguntó —Entendí lo que decía.

—No es eso, mira, si le digo que tenemos algún tipo de relación, las cosas cambiarán, por ahora nadie puede saber que tú y yo tenemos algo, Lena, y es sumamente complicado, pero te prometo que te lo contaré todo, ¿sí? —Ella no parecía asimilar lo que acababa de decirle.

—¿Lo que tú y yo tenemos? —Una risita cruzó sus labios—, y según tú, ¿qué tenemos? —Y, entonces, me pregunté si solo escuchó eso de lo que le dije.

—No entiendes, te quiero solo para mí —Mi voz sonó ronca, a lo que ella se confundió.

La tomé de la mano y caminamos hasta los asientos donde ella estaba.

—Espérame quince minutos aquí —Me di la vuelta y di dos pasos, pero me detuve y me giré de nuevo—. No te muevas —Ella asintió con cara de fastidio.

Caminé a donde se encontraba Marck.

—¿Ya tienes algo? —le pregunté sentándome en la silla.

—Se ha estado moviendo, no sabemos si busca algo, espero que no tengas nada escondido que él quiera y que pueda usar para acercarse a ti —Lena.

«No creo que él sepa de ella, y si fuera así, no dejaría que la tocara, y si la tocara, yo me encargaría de hacer lo que no tuve permitido hacer cuando pude.»

Lena era un juego, en el sentido de que ella apareció en un mal momento, pero la vi, y ahora la quería para mí.

Lo que pasó con todo esto es que estábamos mi compañero Rick, Duston y yo, investigábamos acerca de Alexander Jen, un narcotraficante tan peligroso que no todo el mundo se animaría a perseguirlo, una vez en una operación tuvimos un encubierto y, pues, algo salió mal, cinco de sus hombres murieron, entre ellos estaba su hermano, ese fue el peor error, mi compañero y yo caímos en protección, unos meses después no sabíamos nada sobre él, luego apareció de la nada y asesinó a Magie frente a mis ojos, Magie era mi novia y él simplemente la mato. Un día después asesino a Rick, entonces fue cuando me amenazó: "Todo lo que te hace feliz, me encargaré de que no siga teniendo vida, Daven".

«Y no estoy planeando perder a nadie más, y menos a Lena.»

—Solo mantente en comunicación conmigo por si ocurre cualquier eventualidad —Marck finalizó su discurso, al cual no presté mucha atención.

Caminé a la fila de asientos y sorpresivamente, ella no estaba sentada donde la dejé.

Fui al pasillo otra vez y no la vi, regresé a la sala y ella venía saliendo a través de la puerta del baño.

—Tardaste más tiempo —dijo caminando hacia mí, su cabello suelto hacía movimientos cuando ella movía, algo nuevo que me gustaba.

—Te llevaré a casa —dije caminando afuera y observando mi alrededor para estar seguros.

CAPÍTULO 18

<u>*Lena*</u>

Antes de bajar del auto intercambiamos números.

Al entrar a casa me encontré con papá y Raven en la sala, me acerqué por detrás a mi papá para abrazarlo, tenía esa colonia que tanto me gustaba.

—¿Dónde estabas? —preguntó suave dándose la vuelta.

Sus ojos color café me observaron para después abrazarme.

—Estaba ocupándome de algo papi — Él dejó un beso en mi frente—. Voy a comer algo.

Me alejé de él para pasar a un lado de Raven, le acaricié el cabello y ella sonrió.

Al llegar a la cocina me encontré con Harol muy entretenido enviando mensajes y una sonrisa, la misma sonrisa que hacía cuando Raven le enviaba un mensaje o lo llamaba.

—¿Y esa sonrisa, perro? —me observó.

—Oh, aborto, por fin apareces, ¿dónde estabas? —Guardó su teléfono.

—Ah-ah, yo pregunté primero, es la misma sonrisa que pones cuando hablas con Raven, y no estás hablando con ella porque ella está hablando con papá, lo que me hace pensar que estás hablando con otra chica y ella te coquetea, y si Raven revisa tu teléfono y encuentra eso, no será algo bonito y de seguro terminará contigo, a menos que seas muy inteligente y borres toda la evidencia antes de que ella la vea y haya problemas —Sus ojos no me dejaron ni un segundo.

Se cercó a mí y se inclinó para decirme algo, suponía yo... pero luego sentí cómo mordió mi mejilla, esta vez más fuerte.

—¡Hijo de perra! —Eso había salido de mi boca, tenía que ir a la iglesia.

—Estaba hablando con mi hermano, pendeja, no con una chica —La sonrisa en sus labios apareció en forma de burla.

—¡¿Por qué hiciste eso?! —Me dolía más que la otra vez, no podía ni tocarme.

—Te lo merecías por estar sacando conclusiones de que engaño a la futura madre de mis hijos —Me dio una palmadita donde me había mordido causando que soltara un quejido.

—¿En serio?, ¿dos minutos y ya se están matando? —La voz de Raven llamó mi atención, la miré—. Lena… —Ella se acercó haciendo un intento por tocar mi mejilla, pero me aparté, dolía mucho.

—¿Quién te hizo eso? —preguntó Raven.

—El perro de tu novio —dije mirándolo de mala forma.

—¿Tocaste a mi hija? —La voz de papá se hizo presente. Una sonrisa salió a relucir en mis labios, pero se desvaneció al instante—. Cuando la vuelvas a tocar tendrás problemas —Amenazó mi papá, pero a él no parecía importarle.

—Claro —Fue lo único que dijo junto a una sonrisa.

—Me tengo que ir, amor, pero volveré pronto, tengo trabajo que hacer —dijo acercándose y me abrazó, yo igual a él y dejó un beso en mi frente—. Te amo —agregó en un susurro.

Le dio un abrazo a Raven, el cual ella respondió, sentía un cosquilleo cundo él la abrazaba, alguien me había dicho alguna vez que era celos.

Apenas eran las 7:00 a. m. y ya mi teléfono estaba sonando.

Contesté.

—¿Qué?

—¿De malas?

Despegué el teléfono de mi oreja para mirar quién era, Daven.

—No sabía que eras tú, no me había fijado.

—Perdón por despertarte, pensé que ya lo estabas, ¿no tienes clases?

—Sí, pero a las nueve.

—Bueno, paso por ti a las 7:00 p. m.

—¿Para qué?

—Una cita.

—Oh, bueno, está bien, ¿y donde será? —pregunté curiosa.

—Adiós.

—Daven, al menos dime…

Me colgó, era un estúpido.

Me levanté para ir a comer, me observé en el espejo, ese reflejo no se veía nada bien, intenté tocarme la mejilla y no pude; si anoche dolía, ahora dolía aún más.

Me serví una taza de cereal, podía comer, pero no tocarla, irónico.

Una vez terminé de comer me di una ducha, dolió un montón poder lavarme la cara, «creo que nunca volveré hablar con Harol otra vez».

Me vestí simple, una falda negra corta, pero no tanto, tres dedos encima de la rodilla y una blusa amarilla con unos botines negros hasta los tobillos.

Miré la hora, 8:34 a. m., vaya, ¡cuánto había pasado! Salí de la habitación y me encontré con Raven.

—Esos botines te hacen ver más peña —¡Vaya!

—Gracias por el halago.

—De nada, piojito —Ella rio.

Si me pagaran por todas las veces que me llamaron así, ya fuera rica.

CAPÍTULO 19

Llegué temprano a la clase, ese día el profesor diría los grupos que había creado, ya quería saber con quién me tocaría.

Me encontraba sentada sobre el suelo al igual que todos los presentes.

Algunas personas más entraron junto con el profesor, entre ellas estaban Louk y Brian Reinols.

—Hola, ¿qué te sucedió? —Louk se sentó a mi derecha y Brian a mi izquierda.

—Una historia larga —dije con una sonrisa fingida.

—Bien, chicos, por si no lo sabían, atrás hay sillas, pero si desean sentarse en el suelo está bien, por favor, atención, mencionaré los grupos, serán enumerados, así será más fácil —Presté atención hasta que llegó a mi nombre.

—Lena, querida, estarás formando grupo junto a Louk, Brian y Ángel —¿Ángel?—, son el grupo número tres, ¿ok? —Un chico de cabello rubio se sentó al lado de nosotros.

—Hola, soy Ángel —Mi duda se aclaró.

—Hola, Louk, él es Brian y ella, Lena —presentó Louk, yo solo sonreí.

—Bien, chicos, ahora sí les explicaré mejor, esta es la clase de Fotografía, aquí nos vamos a divertir, vamos a crear cosas nuevas y a aprender lo que no sabemos, bueno, lo que ustedes no saben porque yo si lo sé, por eso soy el profesor y no ustedes, pero bueno, ese no es el tema, bien, los grupos son para que trabajen en equipo, los grupos serán evaluados y dependiendo de su puntuación, también tendrán sus premios —Cogió unos papeles—. Miren chicos, quiero que tomen fotos para el lunes, la más creativa estará decorando este espantoso lugar hasta que pasen al segundo nivel y podamos entrar al nuevo espacio.

Sería un día ocupado, o eso creí.

—¿A dónde dices que nos llevas? —preguntó Brian.

—Es un lago, es muy hermoso, se pueden sacar buenas fotos de ese lugar.

Yo miraba por la ventana, no me convencía tomar fotos en un lago, me habría gustado sacar fotos con estilo *Tumblr*, son creativas y quedarían mejor al sumar las remodelaciones que le podía hacer en la *laptop*, pero veríamos allí primero, me pareció justo, no todo era como yo decía.

Ellos siguieron hablando hasta que llegamos, apenas eran las 3:12 p. m.

—Es aquí —dijo Ángel, se veía hermoso, era cierto.

—Podemos trabajar con esto —dije mirando el lugar.

—¿Y cómo planean tomar las fotos? —quiso saber Brian manipulando la cámara.

—Yo pensaba que podíamos hacer fotos *Tumblrs*, hay suficiente iluminación, con un buen ángulo y la ayuda de la *laptop* podemos hacer un buen trabajo.

Entonces nos pusimos manos a la obra, y yo fui el maniquí que usaron a su antojo.

Me preparaba para la cita con Daven, me puse un vestido rosa claro, unos botines —me encantan los botines— y dejé mi cabello suelto para intentar tapar esa horrenda marca en mi mejilla con maquillaje, pero nada funcionaba, la hinchazón había bajado, pero todavía dolía un poco.

—¿A dónde vas? —La voz de Raven resonó en la habitación.

—Voy a salir con Daven —Ella entró y se sentó a la orilla de la cama.

—¿Está todo bien? —preguntó, me senté a su lado.

—Sí, ¿por qué?

—Ah, estás rara, ya no hablas tanto como acostumbras, ayer no supe nada de ti hasta la noche, dime si Daven te está cambiando porque es lo que parece, digo, es que es raro porque desde que vivimos juntas nunca tuviste novio y nunca habías desaparecido todo un día y todo eso, ya sabes —Reí.

—Raven, siguió siendo yo —Esta vez ambas reímos.

—¿Y te piensas acostar con él? Porque si es así, acuérdate de que debes protegerte.

—Rey, por favor, no pienso acostarme con él.

—Eso es lo que dices ahora —dijo ella picarona, un toque en la puerta nos hizo levantarnos.

—Ese debe ser él —dije sonriéndole, caminé hasta la puerta con Raven detrás de mí, la abrí y ahí estaba, esta vez fue diferente, al mirar aquellos ojos negros mi corazón se aceleró y una sonrisa se formó en sus labios.

—Te ves hermosa, Lena —Mordí mi labio sonriendo. Raven salió.

—Hola.

—Hola, Raven.

«¿Cómo sabe su nombre?, ¿acaso se lo dije?», me pregunté.

«Sí, lo mencionaste, y ella se presentó a él», respondí a mí misma.

Ciertamente, empezaba a creer que esa mordida me estaba afectando.

—Bueno, vayan, se les hace tarde, y me la cuidas —Mis mejillas ardieron.

—Claro —Tomó mi mano y subimos a su auto, condujo por un lugar que no conocía, ninguno hablaba.

De repente, él frenó de golpe, mi respiración se aceleró, pues no entendí qué pasaba, entonces Daven removió el cabello de mi cara.

—¿Qué sucede? —Mi respiración seguía agitada.

—¿Qué te pasó en la cara? —Esa voz, ese tono.

—Daven, por Dios —me quejé cerrando los ojos—. No hagas eso.

—Responde.

—Fue solo un juego —dije todavía agitada.

—¿Qué clase de juego? —preguntó alejándose.

—Una estupidez nada más —Empezaba a calmarme.

Su expresión fue seria, sin decir una palabra se puso en marcha otra vez.

Llegamos a un restaurante algo elegante, aunque no mucho, nos llevaron a una mesa.

—¿Cómo te fue hoy en la clase? —No dejaba de verme la mejilla.

—Muy bien, tengo que tomar fotografías por evaluación —Una sonrisa se expresó en sus labios, quería poder besarlo—. ¿Y tú, conseguiste trabajo?

—No, estoy algo ocupado ahora como para trabajar —Sonreí.

Me incliné hacia él.

—¿Y qué es eso que haces? —susurré, a lo cual él sonrió y me susurró de regreso.

—No tienes por qué saberlo todo —Me senté bien otra vez en la silla sonriéndole.

No dijo nada por un rato, solo nos miramos.

CAPÍTULO 20

—¿No te cansas de vivir solo? —pregunté al entrar a su casa.

—La verdad, no, me gusta estar en tranquilidad —respondió sentándose en el sofá, yo lo seguí.

—Eso explica la cabaña en el bosque —dije, él se quedó observándome y dejó salir una pequeña sonrisa.

—No solo preguntas para aclarar tus dudas, sino para… ¿encontrarle sentido a las cosas? —dijo de una manera sutil.

«Vaya, admito que no lo veía de esa forma, simplemente lo ignoré.»

—Y como te gusta estar solo, no piensas empezar nada serio con nadie, supongo — dije esperando una reacción de su parte.

—No respondiste a mi pregunta —Desvió la mirada.

—Yo empecé a preguntar primero, cuando yo termine, tú pregunta —Una sonrisa se dibujó en sus labios.

—¿A dónde quieres llegar? —Su pregunta me desconcertó.

Me acerqué más a él.

—¿A qué te refieres? —pregunté, su sonrisa desapareció de sus labios.

—¿Qué quieres saber en específico? —Su mirada se fijó de nuevo en mí.

—Ah, nada, solo preguntas que cruzan por mi cabeza —dije simple.

—¿Tienes hermanos o hermanas? —Volvió su vista al frente.

De una forma u otra quería llamar su atención, por razones que desconocía o simplemente no entendía.

—No, soy hija única —dije.

Se quedó callado.

—¿Y tú? —pregunté.

—No —No dijo nada más y se levantó—. Espera aquí, ya vuelvo —Subió las escaleras desapareciendo de mi vista.

Más raro no puedía ser.

Todo estaba muy callado y, de paso, la lampara no alumbraba mucho que digamos.

Me levanté para caminar por el lugar. Cuadros de lagos y de una mujer desnuda cubriéndose mientras lloraba llamaron mi atención.

«Me pregunto qué tan sádico y psicópata puede ser Daven.»

En el fondo se encontraba una puerta de cristal.

«Ulala, ¿qué podría haber aquí?»

Deslicé la puerta para poder abrirla, cuando crucé pude ver un jardín verde, con algunas flores a las orillas y unas hermosas plantas de rosas rojas y negras.

«Hmm, ¿negras?»

Era una rara especie de planta, pero sí que existían. No me creí mucho de que fueran negras así por así porque podía ser que las hubiesen pintado de negro, me acerqué a ellas, si tomaba un pétalo y lo partía a la mitad podría saber si estaban pintadas o no, pero sería muy estúpido pintar unas rosas de negro, o es lo que yo pensaba, arranqué un pétalo y lo partí a la mitad, era muy fina, no se podía ver si era negra en realidad.

—¿Maltratas mis rosas?, ¿por qué arrancas sus pétalos? —Se detuvo en frente de mí, sus ojos en una forma juguetona me observaban, bajé la mirada.

Sus dedos levantaron mi rostro.

—¿A qué se debe esa expresión? —«¿Expresión?»

—¿Qué expresión? —pregunté.

—Esa que haces de bajar el rostro como si te avergonzaras —Me quedé muda, no sabía qué decirle.

Sus manos bajaron a mi cintura atrayéndome a él, su rostro estaba cerca del mío, muy cerca, sus labios viajaron a mi oído para susurrar algo.

—Te quiero para mí —Un escalofrío recorrió mi cuerpo al escuchar esa voz, una voz varonil, firme y sensual a la vez.

—Ya me lo habías dicho antes, pero ¿a qué te refieres con eso? —A pesar del deseo de sentir sus labios besar los míos, para mí era más importante saber cuál era la razón de esa pregunta y qué quería dejar dicho exactamente.

Él me apretó más a él, a solo centímetros de poder besarlo.

«Bésalo, Lena, nunca en tu miserable vida tendrás esta oportunidad», me dije a mi misma, pero sabía que, de una manera u otra, si lo hacía, no conocería esa respuesta pronto.

—¿No responderás a mi pregunta? —Miré sus ojos.

Una sonrisa apareció en sus labios, y esos ojos negros me observaron directamente a los ojos, se acercó cortando el espacio que quedaba entre sus labios y los míos, para darme un beso dulce, el cual obvio que correspondí, creo que ya no conseguiría esa respuesta, sus manos apretaban mi cintura, metí mis dedos entre su suave cabello, sus labios me abandonaron y nuestras respiraciones agitadas chocaban.

—Lena —susurró contra mis labios.

—¿A qué te referías con eso que dijiste? —pregunté.

«Si no me responde, estaré toda la noche pensando en eso.»

Él se alejó, pasando a mi lado.

—¿Qué quieres que te diga? —Se sentó sobre el césped verde observando la luna, o es lo que parecía.

«¡Qué poético!»

—¿Por qué dices eso, por qué dices que me quieres para ti? O como ese día que me dijiste que era tuya, ¿se te olvidó eso? —Me senté a su lado observándolo.

—No —Una sonrisa cruzó sus labios.

—¿Entonces? —insistí.

—Que eres mía —dijo simple con esa sonrisa adornando sus labios.

«Hombres... ¿Quién los entiende?»

Me recosté sobre el césped mirando el cielo.

—Yo tengo otra definición de cómo es hacer tuya a alguien —Me observó—, es decir, que no soy tuya para nada, y menos por un simple beso —Una risita salió de parte de él.

—Ay, Lena —Lo observé.

—Es cierto, mira, con un beso no haces tuya a nadie y mucho menos a una chica tan especial como yo —Puse aspecto de superioridad.

—Por favor, Lena, deja de alardear, de seguro no aguantarías nada, ni un empujoncito y menos que te rompieran toda —Sus ojos y los míos quedaron conectados, pero él con cara divertida y perversa y yo con cara de sorprendida.

«¡¿Qué?! No jodas, Daven, ¡vaya!, es increíble como esta humanidad tiene dañada la mente, yo hablaba de hacer tuya a alguien cuando le pides matrimonio, que putos son todos.»

—Estás enfermo —dije sin dejar de observarlo.

—Es lo que pasa cuando puyas tanto —dijo, no entendí qué había querido decir con eso.

—¿Romperme toda? —dije aún sin asimilar bien, pero obvio si sabía lo que había querido dejar dicho.

—Todita, no podrías ni sentarte —Qué maniático.

Mi boca estaba semiabierta y mis ojos no paraban de verlo.

—Estás jugando, ¿verdad? —dije.

—Yo no juego, querida Lena —Sus palabras me dieron escalofríos.

La idea de que visitara a un psiquiatra no era mala, le vendría bien un examen y un poco de ayuda.

CAPÍTULO 21

Tres meses después...

Me encontraba en la sala de estar en el departamento que compartía con Raven, recostada de mi papá y hablando con él.

Las cosas habían pasado normal, diría yo, papá venía más seguido, cosa que no sucedía antes, la universidad iba bien, Raven y Harol habían convertido su relación en algo más serio de lo que era, no había sabido nada de Daniel, lo cual no era raro, ya que él tendía a desaparecerse por veces, y con desaparecer me refería a que yo podía durar, a veces, meses sin verlo. Acerca de Jensen, no había sabido nada de él desde ese día en el que Daven apareció en la universidad y eso me preocupaba un poco, todavía me seguía preguntando por qué había vuelto, no lo entendía.

Y sobre Daven, bueno, ¿qué podía decir?, íbamos avanzando o eso parecía, habíamos salido unas cuantas veces más, me di cuenta de que él a veces era frío, a veces cálido y otras veces prefería no estar con él, era molesto en ocasiones, pero su personalidad era una de las cosas que no podía entender aún, diría que estaba medio "cucú" de la cabeza, pero qué se le hacía, todos teníamos un grado de locura, y no era quién para juzgarlo.

—¿Y qué dijo mamá? —pregunté ante lo que me había dicho.

—Que no le importa, que son cosas que pasan por pasar —contestó.

—Bueno, si ella lo dice —dije.

Raven apareció delante de nosotros de la nada con una sonrisa.

—Al menos avisa —dije poniéndome la mano en el pecho.

—¿No me escuchaste entrar? —Se sentó en el sofá.

—No.

—Yo si —dijo papá riendo.

—Hola —el saludito de Harol.

No contesté, al igual que mi papá.

Papá y Harol tenían una buena relación a su manera, se llevaban muy bien.

—Oye, aborto, un chico preguntó por ti —dijo Harol sentándose en un lugar desocupado.

—¿Quién? —pregunté.

—No lo sé, lucía extraño, pero no desesperado, más bien como si quisiera encontrarte, creo que lo había visto una vez antes en la universidad —explicó Harol pensativo.

«¿Podría ser él?»

—Fue Jensen —dijo Raven mirando a Harol.

«¿Qué querrá?»

— Oye *Grinch*, deberías dejar de hacer amigos raros.

¿Amigos?, Jensen no era mi amigo, ni lo sería nunca, lo quería lo más lejos posible de mí.

—Yo ya me voy —Papá se levantó y caí de lado ya que estaba recostada de él—. Adiós chicos —se despidió papá dándome un beso en la frente.

—Papi —dije sonriendo a lo que él también respondió con una sonrisa.

Se fue. Raven y Harol salieron de la sala, suponía que a su habitación y entonces, mi teléfono empezó a sonar.

Abrí la llamada sin decir nada, un silencio fue lo que escuché, observé la pantalla y vi el nombre que relucía.

Daven.

«Claro, tenía que ser él.»

Hablé.

—¿Hola?

—¿Todo bien?

—Ajá, sí, ¿llamas para eso?

—Ajá.

—Vaya, ni un "Hola mi vida, ¿cómo estuvo tu día?".

—Quieres que sea cariñoso —expresó.

—No estaría mal, me gustaría —le dije siendo muy honesta.

—Pero yo no soy de esos y tú lo sabes.

—No importa, ya no tiene caso.

—Ahora te enojaste.

—No.

—Bueno, adiós Lena.

—Ay, Daven, si cuelgas, te…

Colgó.

Odiaba que hiciera eso, lo odiaba, lo hacía a propósito, idiota.

La luz del sol atravesaba la ventana, lo que causó que me despertara, ayer me acosté muy tarde, casi a las tres de la madrugada viendo una serie, Harol se quedó anoche, lo que no era raro, apenas era comienzo de fin de semana, era sábado.

Miré la hora, las 3:45 p. m.

Mi expresión de confusión se hizo presente.

«¿Qué se me escapa?»

Sentía que olvidaba algo.

—Como sea —dije para mí sentándome en la cama y agarrando mi teléfono.

Cuatro llamadas pérdidas de Daven.

¡Daven!

«¡Mierda!»

El jueves había acordado con él que nos veíamos en el parque central a las 2:30 p. m.

Escuché risas.

Raven.

Salí rápido hasta llegar a la sala, paré en seco, las risas provenían de Raven nada más, pero aquella presencia no esperaba verla allí.

Sus ojos se fijaron en mí, esa frialdad que emanaba su personalidad me helaba.

— Oh, bella durmiente, despertaste —dijo Raven—, todavía tienes los ojitos hinchados —Ella pasó por mi lado acariciando fugazmente mi rostro—. Ya vuelvo —susurró.

Mi sangre, que estaba helada, en el instante que ella dejó de estar presente, se empezó a correr rápido y a calentarse.

—¿Qué haces aquí? —pregunté sin moverme.

—Me preocupé, tenía un tiempo sin verte —Su voz tan amarga resonaba en mis oídos.

—Quiero que salgas de mi vida, Jensen —dije, una sonrisa se formó en sus labios.

—Tanto tiempo que estuve en ella, no creo que eso sea tan fácil —Mi respiración se aceleró.

—Por favor —Prácticamente le rogué.

—No, Lena, tú eres solo mía —dijo sin dejar de observarme—. No importa qué tanto tiempo estuve ausente, yo te marqué, y como te quiero marcar ahora, te va a gustar —La sonrisa en su rostro me dejó sin habla.

Las palabras no abandonaron mis labios.

—Ya vine —Raven se sentó en el sofá—. ¿Todo bien? —preguntó.

—Perfecto —La voz de Jensen se hizo presente.

Un escalofrío cruzó mi cuerpo.

Si antes le temía, hora me aterraba.

CAPÍTULO 22

La brisa fría golpeaba mi rostro, el abrigo que llevaba no era suficiente, ese noviembre estaba más frío que el del año anterior.

Sentada en el parque, esperaba por Daven, quien debía estar allí hacía 15 minutos, y lo bonito era que no había nadie, pero era raro, cuando se retrasaba siempre me avisaba.

Miré la pantalla de mi teléfono, 3:55 p. m., solté un suspiro, me quité la bufanda gris que me había regalado Daven hacía un mes y la puse en mis manos para calentarlas ya que me había olvidado ponerme guantes.

—Hola —Una voz a mi derecha llamó mi atención, un chico de pelo castaño al igual que sus ojos me sonrió sentándose a mi lado, yo le sonreí por cortesía—. Pareces estar esperando a alguien —Le sonreí dejando la bufanda a un lado—. Hay que hacer lo rápido entonces —dijo metiendo la mano en su bolsillo.

Me confundí.

«¿De qué habla?»

—¿A qué te refieres? —pregunté, un segundo después él roció algo con un olor extraño, lo que me provocó no poder respirar bien por unos segundos, mi corazón se aceleró.

Me levanté de golpe.

—¡¿Qué te pasa?!

Asustada y alarmada por no saber qué era eso, di un paso atrás.

—Tranquila, hará efecto en unos segundos.

El pánico estalló en mí.

Tomé mi teléfono para llamar a Daven, pero antes de que pudiera hacerlo, todo a mi alrededor se desvaneció.

Daven

Había llegado 25 minutos tarde, solo esperaba que todavía estuviera allí, si tan solo no hubiese habido tanto tránsito en la ciudad, ya habría llegado hace un buen rato.

La busqué por el lugar, pero no estaba, de seguro se fue, y no podía llamarla ya que Marck tenía mi teléfono.

Al pasar por el centro del parque, observé en la banca una bufanda gris, era similar a la que le había obsequiado, me acerqué para tomarla y revisarla, tenía su olor.

«Qué extraño.»

Me acerqué al teléfono público y marqué su número, me enviaba al buzón de voz.

Ahora sí me preocupé.

Regresé a mi auto para ir a su departamento.

Al llegar, toqué la puerta.

—Hola, Daven —La voz de Raven fue muy amable—. ¿Que Lena no estaba contigo? —Su pregunta me confundió más.

—Llegué un poco tarde y cuando llegué no estaba —dije mostrando su bufanda—, solo estaba esto —Frunció las cejas, luego hizo una media sonrisa.

—Sí, ella tiende a olvidar las cosas —Se quedó observando la bufanda—, aunque no tiene sentido que se le haya olvidado si la llevaba puesta —Su mirada no se desvió de la bufanda hasta que bajé la mano—. ¿Quieres entrar? —Su pregunta me desconcertó.

—No —Me di la vuelta—, intentaré ver dónde está —Caminé a mi auto y fui a mi casa, tal vez ella iría a buscarme, ya que no sabía que estaba en la ciudad.

Al llegar a casa la señora Rosa estaba afuera mirando a la nada.

«Si hay algo que a veces me asusta, es esta mujer.»

— Señora Rosa, ¿ha venido alguien buscándome, una chica? — su mirada fue amable.

—¿Hablas de la chica que a veces te visita? —preguntó.

— Sí, ella, ¿ha venido hoy por aquí? —Ella sonrió.

—No —respondió a mi pregunta mientras sonreía.

—Gracias, señora Rosa —Subí al auto y respiré profundo.

«Tengo que esperar, no puedo sacar especulaciones así por así, tal vez ella está en otro lugar, a veces no contesta su teléfono, es normal, además, Alexander no sabe sobre ella, creo.»

Llevaba una hora buscándola, no estaba en la universidad ni en la heladería, ahora me encentraba atravesando el bosque para ver si lograba encontrarla, pero nada. Conforme pasaba el tiempo, mi paciencia se agotaba.

No la encontraba y me estaba desesperando.

CAPÍTULO 23

<u>Lena</u>

El olor a humedad me impedía respirar, al menos no sentía frío por el abrigo que traía, al abrir los ojos no pude visualizar nada, estaba todo oscuro, ni siquiera sabía que había pasado.

Me encontraba tirada en el suelo.

Estaba asustada, no sabía dónde estaba, me levanté, el sonido de una cadena se escuchó en el lugar, podía saber que era muy larga, miré hacia la puerta, apenas sí era visible, pensé que podría salir de allí, tal vez si abría la puerta podía pedir ayuda.

Empecé a correr hasta la puerta, cuando por fin casi llegaba me di cuenta de que la cadena la tenía puesta yo, me detuvo y caí de golpe al suelo, un gemido de dolor escapó de mis labios.

Me puse de pie otra vez, el sonido de las cerraduras de la puerta llamó mi atención, volví al lugar donde estaba antes y me dejé caer, mis manos temblaban.

La puerta se abrió y las luces se encendieron, era una luz tenue, no alumbraba mucho.

—Ya despertaste, tesoro —Una voz masculina resonó en el lugar.

Su cabello era negro y tenía ojos azules, una pequeña sonrisa se asomó en sus labios.

—¿Cómo te llamas? —preguntó, pero no respondí, solo bajé la cabeza.

—Me encanta hablar solo, ¿sabes?

Su voz se acercaba cada vez más a mí.

Hasta que sentí su presencia justo en frente.

—Tú tienes algo valioso que yo quiero, y no me refiero a que no seas valiosa, lo eres y mucho, sin ti no podría obtenerlo —Levantó mi rostro con sus manos frías para observarme—. Eres hermosa, pero aún no logro entender qué tienes de especial, tengo entendido que a tu novio no le atraen las chicas corrientes, y no tienes ningún parecido a ella —Se puso de pie.

—No sé de quién está hablando —susurré.

—De Daven Lawell, querida.

—Él no es mi novio —Se volvió a agachar frente a mí con una sonrisa.

—Pero has estado saliendo con él, y de una forma muy dulce por lo que he visto, y déjame decirte que está tan interesado en ti como lo estuvo de Magie —Tocó mi mejilla.

—¿Magie? —pregunté desconcertada.

Se puso de pie dando vueltas con calma.

—Magie era la novia de Daven, mucho antes de que llegaras, ella era tan alegre y llena de vida, pero claro que no era corriente, no quería hacerle daño, ¿sabes?, pero entre él y su compañero, mataron a mi hermano —Su mirada se enfrió al punto que me causaba escalofríos—. Entonces le dije que todo lo que lo haría feliz, yo me encargaría de que no siguiera teniendo vida, e igual a su amiguito —Una pequeña risa se escapó de sus labios—. Él pagará con su vida —No dije nada—. Alguien vendrá a darte algo de comer luego —Caminó hasta la puerta, pero lo detuve.

—No me dejes aquí, por favor —dije mientras mis ojos se llenaban de lágrimas—. No tienes que ser malo conmigo, no te he hecho nada —supliqué.

—Que irónico, estoy siendo amable contigo, si estuviera siendo cruel, estarías en ropa interior encadenada afuera, y si no cooperas, eso es lo que te pasará —dijo saliendo y cerrando la puerta.

Me dejé caer a un costado del suelo mientras las lágrimas salían de mis ojos, así hasta que me quedé dormida.

—Oye —Una voz suave me hizo abrir los ojos, me senté mientras él se acercaba a mí, era un chico como de veinte años—. Aquí tienes —dijo dejando la bandeja a un lado.

—¿Qué hora es? —pregunté en un hilo de voz.

—11:45 p. m. —Observó su reloj.

Se dio la vuelta y salió, de nuevo me quedé sola.

Intenté quitarle la cadena de mi tobillo, ya tenía un color morado y dolía, estaba apretada, si lograba quitarme eso no podría salir de cualquier manera, era todo un desastre.

Miré la comida con asco, para ser sincera todo allí me daba asco.

No tenía hambre, eché la bandeja lejos de mí.

—¿No vas a comer? —Me sobresalté, no había escuchado la puerta abrirse, claro, el chico no la cerró.

—No tengo hambre —dije seca.

—Bien —dijo girándose para irse.

—Espera, quiero ir al baño —confesé bajando la mirada.

Escuché una risa de su parte.

—Eso debe amar Daven de ti, eres una sumisa, ¿verdad? —preguntó.

—No —dije seca.

—¿Y por qué bajas la cabeza buscando aprobación? —No dije nada—. Tan hermosa.

Sacó una llave de su bolsillo y quitó el candado de mi tobillo, me levanté con un poco de dolor en este, él me sostuvo del brazo y me sacó de aquel lugar que, de hecho, era una cabaña, al mirar por el cristal pude ver que estaba oscuro.

Él me guio por un pasillo y abrió una puerta por la que entré.

—Tienes tres minutos —dijo cerrando la puerta.

Miré a mi alrededor, ni siquiera había ventanas, me lavé cara y sequé con una toalla, hice lo que iba a hacer, al subir mis pantalones me di cuenta de que llevaba mi teléfono, rápidamente lo puse en silencio, pero no tenía señal, aun así, lo guardé por dentro de mis pantalones y abrí la puerta, él estaba parado al lado de esta.

Me llevó hasta ese cuarto otra vez.

—Dame tus botas —dijo, no pregunté para qué, solo se las di.

Me volvió a encadenar y a cerrar la puerta detrás de él.

Suspiré hondo.

Tenía que salir de ahí.

CAPÍTULO 24

Daven

Apenas eran las dos de la madrugada y todavía no sabía nada de ella, intenté dormir un poco, pero la preocupación no me dejaba, tan solo la idea de que le hubiera pasado algo era demasiado, tenía que esperar hasta que Marck terminara de utilizar mi teléfono para ver si la podía contactar.

Raven estaba al borde de volverse loca, la última vez que la vi fue hacía dos horas, ella estaba con su novio quien también estaba preocupado, pero ellos no sabían nada, solo que no aparecía, el no poder hacer nada me frustraba y tan solo saber que Alexander la podía tener me estaba matando lentamente, ¿qué me aseguraba que no le haría lo mismo que le hizo a Magie?

Un suspiro dejó mis labios.

Regresé a la cama sin poder hacer nada, solo dar vueltas y vueltas sin que su imagen saliera de mi cabeza.

Salí de la casa hasta la oficina de la SIA para poder hablar con Marck, mostré la identificación para poder entrar.

—Marck —mencioné su nombre, la preocupación era notable en mi voz.

—Aquí estas —dijo dejando escapar un suspiro.

—¿Sabes algo?

No respondió a mi pregunta.

—Ven —Me llevó hasta su oficina.

—Tú sabes que no debías tener ningún tipo de relación con nadie hasta que pudiéramos arreglar esto —No dije nada—. Aquí está tu teléfono —Lo tomé y revisé, pero no tenía nada, ni un mensaje, ni llamada, nada.

Cuatro horas después...

<u>*Raven*</u>

Mi paciencia se agotó, no sabía dónde estaba, ella simplemente salió muy alegre, y ahora no aparecía.

—Raven, tranquila, amor —La voz de Harol era suave.

Lo miré a los ojos.

—No quiero que le pase nada —Rompí en llanto.

—Ella estará bien, su papá y Daniel vendrán pronto —Él me abrazó intentando calmarme.

—Tienes que dormir un poco, cariño —Su suave voz me calmaba, me llevó a la habitación y se recostó junto a mí sobre la cama—. Todo va a estar bien.

Diez horas después...

Daven

Toqué la puerta del departamento de Raven, quien abrió de inmediato.

—¿Sabes algo? —Negué y dejó escapar un suspiro.

Su padre y ese chico de aquel día en la heladería estaban sentados en el sofá junto a Harol.

Intenté hacer que Marck me ayudara, pero lo único que dijo fue que él no conocía a nadie que pudiera hacer algo, que esto ya no dependía de la organización, sino de mí, porque era yo al que Alexander quería y un sinfín de cosas más.

Interactué un poco con su papá, la preocupación era notable, le prometí que la encontraría.

Cuatro horas después...

Lena

Una voz familiar me despertó, el pequeño ruido que causaban sus botas y el murmullo me molestaba, no tenía fuerza para hablar, no había comido ni bebido agua, el dolor en mi tobillo era punzante, hacía unas horas había escondido el teléfono en un cubo que estaba a unos centímetros de mí para que no lo vieran.

Era lo único que tenía.

—Oye, tesoro, un amigo tuyo te quiere ver.

Como pude me senté quedando recostada de la pared.

Al observar el rostro de aquella persona mi sangre se congelo.

«¡¿Por qué?!»

—Has lo que vas a hacer rápido, no tengo toda la noche —Ordenó el hombre de pelo oscuro.

Jensen se acercó a mí y empezó a quitar la cadena de mi tobillo, me levantó sosteniéndome.

—Por favor —dije en un susurro.

—Claro —pronunció Jensen llevándome a una puerta al final de la habitación.

El lugar estaba oscuro con dos tubos de metal, encendió la luz, él me puso entre ellos y me encadenó los brazos, tuve que sacar fuerzas para quedarme de pie.

Cuando terminó se puso frente a mí.

—Siempre quise algo de ti, pero tú nunca me lo diste —Su voz era un susurro.

Rompió mi blusa y mi brasier, dejándome expuesta, sus manos recorrieron mis pechos con lujuria.

Cerré los ojos.

—Eso que tanto te guardas, yo lo quiero, Lena, y quiero que sepas algo, por ti me fui, pero por ti regresé —Sus labios dejaron besos en mi cuello, lágrimas bajaban por mis mejillas.

Se alejó cogiendo un látigo que estaba en una silla, se puso por detrás de mí y pasó su mano derecha por mi abdomen, y antes de que pudiera bajar a la entre pierna lo detuve.

—¡No te atrevas, Jensen, eres asqueroso! —exclamé con furia.

Lo hizo, no escuché nada, pero lo que hizo después fue horrible...

CAPÍTULO 25

Agarrarme fuerte de las cadenas era lo único que podía hacer mientras él me azotaba con ese látigo.

Lágrimas tras lágrimas escapaban de mis ojos y de mis labios un ligero sollozo.

—¿Qué pasa princesa?, ¿que no estás acostumbrada? —Su pregunta me hizo apretar más las cadenas.

«Nunca lo estuve ni lo estaré.»

Volvió el látigo a mi espalda sin piedad, las saladas lágrimas corrían por mi mejilla y terminaban en mi boca.

Sus azotes se hacían cada vez más fuertes y dolorosos, y ya no era un sollozo, sino un llanto lo que me embargaba.

—¡¿Que no es esto lo que te gusta?! —Se detuvo frente a mí.

—Ya, por favor —supliqué en un susurro.

—Ahora quieres que pare —Su voz fue fría.

¿Cuál era la razón por la que me hacía eso? No tenía idea.

La puerta se abrió, el hombre dio dos pasos hacia dentro fijándose en mí, pude ver lástima en su mirada, se acercó a nosotros.

—¿Qué hiciste? —Su voz sonaba lejana.

—Solo le daba un poco de cariño a Lena, conmemorando bonitos tiempos —Dejó caer el látigo.

—No maltratas a una mujer, Jensen —Me quitó las cadenas.

—Está acostumbrada, Alexander.

Al soltarme sentí todo derrumbarse a mi alrededor.

Sin fuerzas.

Sentí unas manos agarrarme, pero todo se desvaneció de nuevo.

Momentos después...

Sentía algo suave debajo de mí, abrí los ojos y observé que se trataba de un colchón, estaba encima de un colchón y vestida, me dolía mucho la espalda, así que cuando me moví dejé escapar un jadeo.

—Despertaste —La voz de ese hombre, Alexander, resonó en el lugar —. Lamento eso que Jensen te hizo, mi sobrino no puede controlarse a veces.

«¿Sobrino?»

—Mira, me tengo que ir, pero te traje comida, y no me iré hasta que te la acabes toda, no has comido nada, y no quiero llegar tarde tampoco —Se inclinó y dejó la bandeja en frente de mí—, y no es que soy bueno contigo, sino que aún no te quiero muerta —Un escalofrío recorrió mi cuerpo al escuchar aquellas palabras.

Tomé lo que había en la bandeja y empecé a comer hasta terminar, me sentía mejor.

—Buena chica —dijo cogiendo la bandeja y caminando hacia la puerta—. Ya me voy, no hagas nada que me haga enojar o la pasarás muy mal —Eso fue una amenaza.

La puerta se cerró tras él, esperé unos minutos para sacar el teléfono, allí tenía solo dos puntos de señal, eso me bastaba.

Marqué el número de Daven sin pensarlo, al segundo tono contestó.

—¡¿Lena?!

—Da —mi voz se quebró.

—¿Dónde estás?

—No lo sé, es una cabaña, no hay buena señal, ese hombre, Alexander.

—Te voy a sacar de ahí, Lena.

—Por favor, Daven.

—Necesito que hagas algo, ahora no porque no me alcanza el tiempo, pero escucha, cuando él vuelva a salir me llamas otra vez para poder localizarte, con cuidado Lena.

—Daven.

—Tranquila, iré por ti y...

Se colgó.

Dejé escapar un suspiro.

Guardé el teléfono donde lo había puesto anteriormente.

Me dejé caer en llanto a un costado, unas ganas de verlo me entraron de repente, nunca lo había extrañado tanto, no quería estar ahí, no quería que Raven ni papá se preocuparan.

El dolor en mi espalda era incómodo.

Dos horas después...

—¿Te portaste bien? —La voz de Alexander y el sonido de la puerta me hizo estremecer—. ¿Por qué lloras? —Su voz me causaba escalofríos.

—Me quiero ir —Él estalló en carcajadas y luego me miró.

—Hasta que tu príncipe azul esté aquí para verte morir, no te irás. Oh, estarás muerta, aun así, no podrás irte —Volvió a reírse mientras mis ojos se cristalizaban—. No estés triste, lo haré rápido.

«¿Dónde habrá quedado el "No maltratas a una mujer"? ¡Idiota!»

CAPÍTULO 26

Daven

Me encontraba camino a la casa de Henry después de llamar a Daryl para que fuera también, ya que la SIA no podía ayudarme, solo me quedaba contar con ellos.

Henry y Daryl eran las únicas personas a las que podía llamar amigos, y era por la simple razón de que los conocía desde que tenía uso de razón, hoy en día no podía confiar en nadie.

Al llegar a la casa de Henry toqué el timbre, él abrió de inmediato.

—Daven, cuánto has cambiado hermano —No dije nada porque la última vez que nos vimos fue hacía tres meses.

—¿Daryl está aquí? —pregunté.

—Tiene una semana aquí —dijo.

—¿Entonces por qué cuando lo llamé me dijo que venía en camino? —pregunté.

Daryl apareció saliendo del pasillo, al verme sonrió.

—Llegué mucho más rápido que tú —dijo y lo miré con ironía.

—Hasta lo que sé, llevas aquí una semana —Me senté en el sofá.

—Por eso, llegué "muuuucho" más rápido que tú —«Idiota».

—¿Una semana? —dije casi riendo.

—Sí, Vanesa me sacó de la casa, dijo que hasta que no madurara no volviera.

—Y ya llevas una semana aquí.

—Creo que viviré aquí —dijo con expresión seria—. Me divorciaré de ella y me casaré con Henry, él si me quiere como soy.

—Vengan —llamó Henry.

Entramos en un cuarto oscuro, solo la luz de la *laptop* de Henry alumbraba un poco.

—No enciendas la luz, haremos cositas prohibidas —susurró Daryl, a lo que reí.

—Tú solo harás tus cositas —respondió Henry.

—No, eso te toca a ti, oh, ¿pensabas que estaba hablando de esas cositas, pervertido?, hablaba de rastrear un teléfono ajeno, cochino.

Henry rio en forma de burla.

—No hay luz en esta habitación —dijo Henry—. Ok, conectaré el teléfono, cuando ella llame el sistema mandará su ubicación y podremos ir a buscarla y matar a Alexander.

—¿Por qué tenemos que matar? —preguntó Daryl en reproche.

—Porque quiero ver cómo se muere desangrado, aparte de eso, si no lo hacemos nosotros lo hará él.

—¿Sigues viendo a la terapeuta? —pregunté, esa actitud se debía al trauma que sufrió.

—No, me cansé de ella —Golpeé mi frente con la palma de la mano.

—Por última vez, las terapeutas son para ayudarte con tu problema, no para que te acuestes con ellas —dije lento a ver si entendía.

—Diviértete, Daven —respondió.

No tenía remedio.

Ya habíamos planeado lo que haríamos, solo esperaba que ella pudiera llamar rápido para no tener que esperar más tiempo.

Daryl se había quedado dormido, llevábamos cuatro horas allí esperando.

—Quizá se le acabó la batería —concluyó Henry.

—Gracias por tu apoyo —dije con sarcasmo.

—No hay de qué, sabes que me gusta ayudar y ser muy realista —Se dio la vuelta—. Háblame de ella, no se más allá de que se llama Lena.

—No lo sé Henry, me lancé hacia ella como si nada —Dejé escapar un suspiro.

—Y qué te sorprende, es lo que haces cuando ves una chica linda —Me dio una sonrisa pícara.

—Aparte de eso, con ella es diferente, como con Magie.

—Eso es nuevo.

—Lo sé, es raro.

Él teléfono empezó a sonar indicando una llamada...

Raven...

—¿Sí?

—¿Sabes algo de ella?

—Si, ella me llamó y...

—¡Y no me dijiste nada!

—Cierto, perdón, estaba distraído.

—¿Qué te dijo?

—Está bien, estoy esperando a que llame otra vez para localizar la llamada y ver qué podemos hacer.

—Bueno, está bien, avísame si pasa algo, su papá está muy preocupado y no quiere decirle a su madre.

—Sí.

Colgó

—¿La hermana? —La pregunta de Henry fue en un tono extraño.

—Amiga —dije observando la pantalla del teléfono.

Entonces otra llamada entró, número desconocido.

—¿Hola?

—Daven, no sé si sabes, pero tengo a tu novia, aunque ella dice que no lo es.

Le hice seña a Henry para que rastreara la señal.

—¿Qué es lo que quieres?

—Un poco de suspenso, ya sabes, esperando a que vengas por ella para matarla en frente de ti.

—No te atrevas a tocarla.

—Oh, eso no lo hice yo, el tiempo corre Daven, *tic tac*.

Colgó.

Frustrado, así me sentía, un leve pero punzante dolor de cabeza apareció de la nada.

—No fue suficiente, necesitaba unos segundos más —dijo Henry.

No dije nada, solo respiré, no quería alterarme, no sería correcto.

—Oye, Daven, tranquilo, la vamos a encontrar —Yo resoplé.

—¿Y qué pasa si no? —dije frustrado.

—La encontraremos, no pasará otra vez.

CAPÍTULO 27

Lena

Eran las doce de la madrugada, aún estaba despierta esperando a que Alexander viniera a hacer su última ronda para poder llamar a Daven.

Estaba nerviosa y las heridas en mi espalda todavía dolían, Jensen no había vuelto más que para traerme de comer.

La puerta se abrió, Alexander entró y se dirigió a la silla donde siempre se sentaba en frente de mí.

—¿Qué edad tienes? —preguntó.

—¿Para qué quieres saber? —respondí con una nueva pregunta.

—Curiosidad —dijo con esa sonrisa en su rostro.

—Veinte —dije.

—Aún eres una niña —soltó suspirando—. Mañana saldré temprano y volveré un poco tarde, pero te dejaré comida suficiente hasta que regrese, confío en ti, te has portado muy bien y eso me gusta, sigue así hasta que tu príncipe venga por ti —Se puso de pie—. Buenas noches, Lena — se despidió y cerró la puerta tras él.

Entonces, si Daven viniera en la mañana, Alexander no estaría aquí.

Esperé dos minutos, entonces saqué el teléfono y le marqué a Daven sin pensarlo.

—Lena.

—Él no estará mañana por la mañana.

—Está bien, Lena, ¿tú estás bien?

—Sí...

—Espera un poco, Henry rastrea la señal.

—De acuerdo, ¿y papá? ¿Raven?

—Preocupados, pero bien.

—¿Tú estás bien?

—Sí, princesa, estoy bien, ya está, la tenemos.

—No tarden mucho —le pedí.

—Tranquila, cuídate, Le.

Se colgó.

Miré la pantalla, se había ido la señal, una lágrima resbaló por mi mejilla.

—¿Qué tienes ahí? —Puse las manos detrás de mí, no escuché la puerta abrirse—. Muéstrame —dijo deteniéndose frente a mí.

Saqué mis manos adelante, tal vez si le mostraba ahora que parecía calmado, no me haría nada.

Él lo tomó de mis manos.

—¿Con quién hablabas? —preguntó serio.

Daven

—Tengo su ubicación, está a las afueras de la ciudad, a unos treinta minutos de aquí —sentenció Henry, pero yo todavía seguía viendo la pantalla de mi teléfono, preocupado por ella, a pesar de que ella dijera que estaba bien, no creía mucho en eso.

Daryl preparaba las cosas para mañana, lo que no era mucho.

—Daven —La voz de Henry llamó mi atención—, pronto la iremos a buscar —Se acercó a mí.

—Lo sé —dije pasando mi mano por mi cabeza.

Lena

—Eso que hiciste no me gustó para nada, estoy muy enojado contigo, yo confié en ti, pero es mi culpa, no debí arriesgarme —Él daba vueltas de un lado a otro—, pero así vendrá más rápido y más rápido morirás —Se detuvo cerca de mí—. ¿Qué le dijiste? —preguntó.

—No pude decirle nada, la señal se fue —Más lágrimas corrían por mi mejilla.

Se veía muy enojado.

Lanzó el teléfono a la pared, yo di un pequeño brinco de sorpresa.

Él se agachó y me quitó la cadena del tobillo, la piel ya tenía un color morado oscuro.

—Levántate y quítate el pantalón —Lo observé por unos segundos, pero me levanté e hice lo que me pidió, quedándome en bragas y con una camiseta que él me había dado, ya que Jensen había roto la mía.

Él tomó la cadena, me tomó fuerte del brazo y me sacó de ese lugar, atravesamos la cocina y luego una puerta, al abrir esa puerta, una brisa fría me golpeó. Me haló hacia fuera, me puso la cadena otra vez en el tobillo, gemí por el dolor que ya tenía.

Después que terminó se levantó.

—Aquí te quedas —dijo dándose la vuelta.

Hacía mucho frío, no podía casi ni respirar del frío que hacía.

—Por favor —supliqué, pero él cerró la puerta.

Las lágrimas no tardaron en aparecer.

Allí afuera me podía dar hipotermia, pero no tenía nada más que hacer, la cadena estaba en un tubo de metal, no pude hacer nada, si intentaba hacer más fuerza me lastimaría más el tobillo, y tenía que guardar energía.

Me senté abrazando mis piernas sin tener más opciones.

CAPÍTULO 28

No sé en qué momento dejé de sentir el frío y me quedé dormida.

Abrí los ojos lentamente, sentía mi cuerpo extraño.

Era de día, lo supe por la pequeña ventana que se encontraba al fondo. Pero ¿cómo había regresado? No recordaba nada, solo que anoche estaba afuera en el frío.

«¡Oh, sí, claro! Es de día, Daven viene hoy, o al menos eso creo y espero.»

La puerta se abrió y Alexander entró y se sentó en la respectiva silla.

—¿Cómo la pasaste? —Su pregunta me molestó porque él sabía la respuesta.

No dije nada, solo bajé la mirada.

«Solo espero que Daven no se tarde mucho.»

—Estás a la defensiva, te entiendo —Sus palabras no tuvieron significado alguno—, pero me gusta que me respondan cuando hago una pregunta —Seguí con la mirada baja.

El ambiente se puso más pesado de un momento a otro.

Él se acercó y me quitó la cadena del tobillo, tenía un aspecto morado por lo apretada que estaba, entonces me lanzó el pantalón que estaba en la silla.

—Póntelo —dijo y salió dejándome sola.

Raven

Me encontraba en la cocina, no podía dormir.

Harol dormía en la habitación.

En cambio, había algo que yo no podía sacar de mi cabeza, desde que Lena no estaba, Jensen no tampoco había vuelto, me pareció extraño porque él había estado viniendo a verla todos los días prácticamente, y desde que ella ya no estaba, no lo había vuelto a ver.

Ya habían pasado casi tres semanas y las vacaciones duraban dos meses, solo esperaba que volviera antes de que empezaran las clases otra vez, ya que Daven no quería que la policía se enterara porque las cosas podrían ponerse feas, si ella no regresaba antes de que empezaran las clases, el director podría preocuparse, y él no aceptaba que se faltase más de una semana, política de la universidad.

Daven

—Uno solo en la cabeza y listo —dijo Henry.

—¿No crees que él se está tomando esto personal? —comentó Daryl entrando al auto.

—Eso parece —dije observando a Henry

Él se veía muy relajado con todo esto.

—Henry, ya vámonos —sentencié subiendo al auto al igual que él.

Él colocó el GPS que nos llevó a las afueras de la ciudad, pero por donde teníamos que ir ya no había ruta, así que tuvimos que caminar por dentro del bosque, caminamos por unos quince minutos hasta que encontramos una cabaña.

—Bien, que empiece esta mierda —Las palabras de Henry me causaron escalofríos.

—Pero con cuidado, chicos, ya que no queremos a nadie lastimado —dijo Daryl.

—Solo a uno, Alexander —afirmó Henry dando el primer paso, aunque antes lo detuve.

—Henry, detrás de mí —le exigí caminando con cuidado a la puerta, intenté abrirla, pero estaba cerrada.

—Por atrás —susurró Daryl.

—Yo digo que aquí no hay nadie, Daven —dijo Henry.

—No lo sabemos —le respondí caminando por detrás de la casa.

La puerta estaba abierta, Henry se aproximó a entrar.

—Henry —Lo llamé, pero él no me hizo caso.

Daryl y yo fuimos tras él.

—Tú ve a la derecha, yo iré por aquí —le dije a Daryl, a lo que el asintió.

Caminé despacio para no hacer ruido, pero las maderas no ayudaban mucho.

Al parecer, en la casa no había nadie, como había dicho Henry, pero Lena me había dicho que él saldría temprano, y apenas eran las 8:15 a. m.

Escuché un ligero ruido provenir del pasillo, me aproximé a este, una puerta de metal apareció a mi vista.

—Lena —dije entrando, pero ella no estaba, sino Henry.

—Se la llevó —dijo mostrándome el teléfono de Lena roto.

Lena

Treinta minutos antes...

La puerta se abrió nuevamente, él apareció con unas botas y un abrigo.

—Póntelos —dijo y yo lo obedecí—. Ven —prosiguió dándome órdenes y mirándome, cuando llegué a su lado me tomó del brazo y me sacó afuera, una camioneta gris estaba estacionada en la puerta.

—Entra —ordenó.

Entré.

—¿A dónde me llevas? —pregunté antes de que cerrara la puerta, pero no respondió.

Estaba nerviosa, no podía decirle a Daven dónde me encontraría ahora.

CAPÍTULO 29

Daven

Fuera de la cabaña nos encontrábamos los tres.

La cabeza me daba vueltas, no sabía qué hacer, pensaba a dónde podía habérsela llevado.

—Quizá ya está muerta, y conociendo lo sádico que puede llegar a ser Alexander, de seguro...

—Henry —dijo Daryl dándole una mirada fría.

—Tienes que ser realista, Daven, no siempre puedes estar en la luna viendo mariposas, él dijo lo que haría con todo lo que te hiciera feliz, ¿y qué te hace pensar que no le hará lo mismo que le hizo a Magie?, sino es que ya se lo hizo, claro está, y déjame decirte que tu padre está vivo por que él no sabe dónde está —Se sentó en una roca con la respiración agitada.

—Henry, no digas esas cosas —dijo Daryl a su lado—. No hay necesidad de decirnos cosas que no sabes si pasaron, pasarán o están pasando, somos amigos y hay que cuidarnos unos a otros, ¿ok? —Mis pensamientos estaban lejos, sí escuchaba lo que decían, pero estaba más concentrado en saber dónde estaba Lena.

Hasta que un lugar llegó a mi mente.

Cuando asesinó a Magie la llevó a un lugar, era una lugar muy grande y desocupado, la probabilidad que había de que él la hubiese llevado allí era alta, pero a la vez no parecía posible, no asesinaría a una persona donde ya había asesinado a otra, ¿o sí?

—Creo que sé dónde está —dije mirando a la nada de espalda a ellos.

—Pues vamos entonces —dijo Daryl—. Me giré, los dos estaban de pie.

—Vamos por esa chica, hay que salvarla —El ánimo de Daryl se sentía en el aire.

—Daryl, si no te callas —amenazó Henry.

—Solo trataba de dar ánimos —Se defendió Daryl.

Para ser sincero, prefería estar solo en situaciones como esa, así me concentraría más y pensaría mejor.

—Siempre estás metido en cosas peligrosas, Daven —Su voz fue dulce.

—No es cierto, corazón —dije abrazándola de espaldas.

—Solo quiero que te cuides —Se giró sonriéndome con dulzura, como siempre lo hacía.

—Me cuido, y te cuido a ti, Magie —Besé sus labios.

—Te amamos —Sus palabras me confundieron—. Estoy embarazada —Las palabras abandonaron sus labios en un hilo de voz.

—Magie —susurré contra sus labios.

La tomé de la cintura y la giré.

—Vas a ser papá —Una sonrisa decoraba su rostro.

—Te amo —dije abrazándola con fuerza.

—Daven, despacio —dijo riendo.

—Lo siento, amor.

Los recuerdos de aquel día llegaron a mi mente, no pensé que me llegaría a enamorar otra vez, pero había algo en Lena que me llamaba la atención, y algo que me recordaba a Magie, por eso no quería perderla como perdí a Magie una vez, no quería perder la oportunidad de ser papá otra vez, no quería perder esa forma en que su mirada me atraía, quería tener algo con Lena, algo serio, real.

—¿Estás bien? —La voz de Daryl llamó mi atención.

—Sí —dije.

Él me observaba con una sonrisa, siempre estaba feliz, sonriente.

Nos estábamos acercando al lugar, con cada minuto que pasaba mi corazón se aceleraba más, y más nervioso me ponía.

—La tengo Daven —La voz de Alexander resonó en el lugar.

—No lo hagas, a ella no —La petición salía de mis labios en forma de súplica.

Las lágrimas abandonaban sus ojos y conforme pasaba el tiempo mi mundo se iba derrumbando, el simple hecho de perderla me dolía demasiado, porque no solo la perdería a ella, sino que también a mi bebé.

—Yo te lo advertí, Daven —Entonces fue cuando sucedió.

Lentamente procedió a introducir un cuchillo en su vientre, dos hombres me sostenían, el intento de zafarme era en vano.

Los gritos de Magie me aturdían, me llenaba de impotencia no poder ayudarla, podía ver con claridad cómo el cuchillo atravesaba su piel y la sangre manchaba su ropa y sus piernas.

—Acabamos con una, falta la otra —Lo siguiente que pasó fue tan rápido que no pude procesarlo.

Le disparó justo en el pecho.

Desde ese momento nada parecía tener sentido, dos años después empecé a trabajar en la heladería, mi padre se fue a vivir al centro de la cuidad y entonces, la conocí a ella y todo pareció tener color una vez más.

—Llegamos —dijo Henry, bajamos del auto, en realidad estábamos a una esquina de la plaza, por la razón de ser discretos.

—De acuerdo, ¿qué hacemos aquí? —La pregunta de Daryl de alguna forma fue estúpida.

—Vamos a violar unicornios —lanzó Henry.

—Solo no hagas lo que hiciste en la cabaña —le advertí.

—No, tranquilo, esta vez tendremos cuidado.

CAPÍTULO 30

Lena

Las marcas en mi espalda estaban dejando de doler.

No tenía idea de cómo decirle a Daven dónde me encontraba.

Estaba con Alexander en medio de una plaza sin nada alrededor, era como un helipuerto, una pista de aterrizaje de helicópteros.

—Tranquila, es solo cuestión de tiempo para que venga a buscarte, calculándolo, *hmm*, unas 12 o 24 horas —No hice ninguna expresión, sentía que hiciera lo que hiciera me daría igual, Daven no sabía dónde estaba—. Tengo una pregunta, ¿estás embarazada?

No dije nada, no había dicho nada desde que llegamos, no sentía la necesidad de decir ni una palabra.

—Es que, verás, cuando asesiné a su novia, también asesiné a su hijo —¿Hijo?; Daven nunca mencionó eso

—. Verás, con un cuchillo atravesé su vientre, ya puedes imaginarte cómo ella gritaba de dolor, ¡y tu amado Daven!, estaba destrozado, el pobre tuvo que verlo todo, necesito saber si estás embarazada, porque necesito que él viva eso otra vez.

«¿Cómo es que puede vivir tanta maldad en una persona?»

—No lo estoy —dije mirando al suelo.

Él se fue, dejándome sola.

Daven iba a ser papá y nunca lo mencionó.

«Quizá aún le duele haber perdido a su bebé y a la futura madre de este, Lena», me reclamé a mí misma.

Era cierto, tal vez todavía le dolía, no era algo de lo que tendría que preocuparme en ese momento, si es que salía de ahí con vida, en algún momento él me lo contaría, o eso quería creer.

Una hora después...

Estaba cansada, quería ir a casa y ver a mi papá.

"Lena, tú siempre te vas por el peligro, pudiste haberte roto algo cariño", recordé la voz de mi madre, hacia tanto que no la veía y la extrañaba.

Unos pasos se escucharon, la voz de Jensen se escuchó en el lugar, cerré los ojos.

—¿Qué te pasa?, ¿que no era esto lo que querías? —Sentí rabia, ¿a quién le gustaría estar secuestrada y con frío?

Daven

—Iré yo, ustedes van por allá —dije.

—¿Y si él tiene gente allá? —preguntó Henry.

—Te haces cargo —respondí irónico.

—Supongamos que estamos allá arriba, si lo llego a ver, ¿le disparo a la cabeza? —preguntó Henry.

Me tenía cansado con eso de dispararle a Alexander.

—Si le disparas a Alexander, yo tendré que dispararle a los demás que estén con él para que no nos maten —Daryl dio su opinión.

—Entonces lo haces —le respondió Henry.

—Bien, chicos, vayan, yo iré por el frente —dije y ellos asintieron.

—Oye, con los silenciadores, ¿entendido? —les recordé girándome hacia ellos.

—Entendido —respondieron.

—Ah, ¿y los transmisores, encendidos? —pregunté.

—Sí, tranquilo, todo saldrá bien —dijo Daryl.

—De acuerdo.

Me giré para ir al lugar.

Caminé con miedo, miedo a que ella ya no estuviera, a que la hiciera sufrir sin ella tener la culpa de mis errores y sus locuras.

Caminaba a la entrada del local porque sabía que él iba a estar ahí, esperando, pero esta vez sería diferente, esta vez no venía solo.

Respiré hondo al acercarme a la entrada, no llevaba pistola, solo una navaja y mi presencia.

Al llegar, él estaba ahí parado, sonriendo sin despegar su vista de mí.

—Supongo que viniste por ella —dijo sonriendo, yo me detuve a una distancia razonable.

—Por ti no sería —dije.

—No has perdido el sentido del humor —expresó divertido, yo le di una pequeña sonrisa.

—¿Te gusta mi sentido del humor? —pregunté aún sonriente.

—La verdad, sí, no te lo voy a negar —respondió con diversión.

—Entonces recuérdalo, porque no me escucharás más —dejé de sonreír.

Un disparo fue justo a su cabeza, tal y como lo había dicho Henry.

Fue una sorpresa porque no escuché nada a causa del silenciador, solo sucedió de repente.

Me empecé a poner nervioso, no sabía lo que pasaba allá dentro, tenía que esperar un poco.

—Voy a entrar —dije por el transmisor.

—Sí, ya puedes, pero quédate donde podamos verte —exigió Daryl.

—Claro —dije y procedí a entrar cruzando por el lado del cuerpo inerte de Alexander.

—En el centro —Escuché la voz de Henry—, hay una chica, en el centro —repitió.

Corrí hacia el lugar con la esperanza de verla, y ahí estaba, mirando hacia abajo.

Lena

Tenía las manos amarradas, escuchaba ruido, hacía unos minutos que Jensen se había ido no sé a dónde.

No era un ruido alarmante, pero me aturdía porque no sabía lo que pasaba.

Agaché la cabeza y respiré tranquila, y así me quedé, hasta que escuché su voz.

Daven

Corrí hacia ella, quedé en frente y me bajé hasta quedar a su altura.

—Lena —susurré y acaricié su cabello.

Ella levantó la mirada y sus ojos se cristalizaron.

—¿Estás bien? —pregunté al tiempo que le quité las tiras con la navaja y la guardé.

Ella me abrazó fuerza.

—Pensé que no vendrías —susurró.

—Hay que irnos de aquí —sentencié tomándola de los brazos para ayudarla a levantarse, pasé mi mano por su espalda y ella gimió.

—¿Él te lastimo? —le pregunté.

—Él no —dijo ella con lágrimas en los ojos.

Levanté un poco su blusa y pude ver las marcas moradas en su espalda, me enojé, y mucho.

—Vamos, hay que irnos —finalicé haciéndola caminar y la seguí.

Unos segundos después, un sonido estruendoso y mi respiración se cortó, todo mi abdomen dolía y los gritos de Lena me confundieron.

CAPÍTULO 31

Lena

Sin palabras, con lágrimas en los ojos y poca respiración, podía ver la sangre, luego escuché un disparo y Jensen cayó al suelo, muerto.

—¡Daven! —exclamé arrodillándome y tocando su cuerpo—. Daven —susurré en sollozos.

Él no respondía, estaba desconcertada, todo había pasado tan rápido y ahora su cuerpo parecía inerte.

Acerqué mi cabeza a su pecho, no sabía si era por los nervios o qué, pero no podía escuchar ni su pulso.

—Tranquila, ya vendrá una ambulancia —escuché mientras hacía presión en su herida.

—¡No escucho nada! —grité, más lágrimas fluían, me dolía el pecho—. Está muerto —susurré sin energías.

— No, él va estar bien —escuché su voz, pero lejos.

Sentí entonces un nudo en la garganta y un dolor en mi pecho.

«Está muerto, está muerto, está muerto, está muerto, está muerto.», me repetía una y otra vez en mi cabeza.

—Él está bien —Otra voz escuché a lo lejos.

"—¿Maltratas mis rosas ?, ¿por qué arrancas sus pétalos?

—¿A qué se debe esa expresión? —¿Expresión?

—¿Qué expresión? —pregunté.

—Esa que haces de bajar el rostro.

—Te quiero para mí."

Un recuerdo cruzó por mi cabeza acompañado de lágrimas.

—Oye... —Me tomó de las mejillas para que lo observara—, solo se desmayó, va a estar bien —dijo ese chico de cabello negro.

—Abran paso —La voz de una chica se hizo presente junto a otras más, eran enfermeros.

Me alejé junto a aquel chico, miré a mi alrededor, había dos hombres hablando a lo lejos, y dos ambulancias en la salida.

—Su pulso es débil, ha perdido mucha sangre —Escuché que dijo la voz de la enfermera—. Hay que llevarlo al hospital.

Lo levantaron, yo hice lo mismo y fui atrás de ellos, quería estar con él, no quería dejarlo solo, si era cierto que estaba vivo, quería ir con él, aunque no lo parecía, se estaba poniendo pálido.

Lo subieron en la ambulancia.

—Oye —llamé la atención del chico que le hacía presión en la herida, él me observó por unos segundos.

—Una enfermera te va a revisar primero y luego podrás ir al hospital —dijo.

—Estoy bien, yo no...

—Una enfermera tiene que revisarte primero —Me interrumpió insistiendo.

Él me llevó a la otra ambulancia y una enfermera me atendió.

Donde solo había dos hombres ahora había tres.

Tenía curiosidad de saber de qué hablaban, de seguro era sobre Daven.

Daven.

—¿Él está bien? —le pregunté a la enfermera.

—No estoy segura, tenía el pulso muy débil —confesó.

Algo me decía que no lo estaba, y ya sabía que no debía pensar así, pero también había que ser realistas.

Un hombre que ya había visto antes y dos chicos más subieron a la ambulancia.

—No creo que él esté...

—No tienes que pensar así, en el hospital hay buenos doctores, ya verás que él estará bien —me dijo, la ambulancia se fue, y yo me quedé.

Mi cabeza no pensaba en papá, Raven o en cualquier otra persona, solo en Daven.

Llegamos al hospital, me mantenía tranquila, la enfermera me llevó a un pasillo donde se encontraban los tres hombres.

Me acerqué despacio.

—Hola, soy Daryl, tú, evidentemente, eres Lena, él es Henry —Señaló al chico que le hacía presión en la herida a Daven—. Y él es Marck —Marck, ya lo recuerdo.

—Hola —susurré—, ¿cómo esta él? —pregunté.

Henry observó a Daryl.

«¿Qué pasa?»

—Perdió mucha sangre, de su tipo solo les queda poca —Mi corazón se aceleró—, y nosotros no tenemos su tipo de sangre.

—Necesita una transfusión de emergencia —Un doctor se acercó.

—¿Qué tipo de sangre es? —pregunté.

—Daven es A positivo —dijo Daryl.

—¡Yo soy de ese tipo! —exclamé.

Ellos me observaron.

—No, estás débil, y sacarte sangre no es una buena idea, no te beneficiará en nada —sentenció Marck.

—Sabes qué, Daven recibió esa bala por ti, aunque no fuera dirigida hacia ti, pero la recibió por intentar rescatarte, lo menos que puedes hacer es ir con el doctor y sacarte toda la sangre y dársela a mi amigo que no se merecía esto, ve y dale tu sangre ahora o yo te la saco y se la doy yo mismo.

«¿Qué carajos?»

Lo observé sin hacer ningún movimiento.

—Henry, no le hables así, ella no tiene la culpa de lo que haya pasado, y necesita reponerse antes de pensar en sacarse una gota de sangre de su cuerpo —dijo Marck

Pero Henry no dejaba de observarme de mala manera.

—Ven, toma asiento —Daryl me sonrió.

—Estoy bien, puedo hacerlo —dije dándome la vuelta para ir con el doctor.

Caminamos por el pasillo...

—Le —escuché la voz de Raven.

Me giré.

Ella venía con una sonrisa en su rostro.

La abracé fuerte, al igual que ella a mí, a pesar de las heridas en mi espalda, no la alejé.

—¿Estás bien? Tan rápido como me llamaron vine —Sus ojos se cristalizaron.

—Estoy bien, Rey —Le sonreí.

—¿Y Daven? —preguntó.

—Recibió un disparo, voy a darle un poco de mi sangre —le dije—, es una historia larga.

—No creo que sea buena idea ahora, descansa un poco —me aconsejó.

—Si no lo hago, Henry lo hará, no quiero que él lo haga.

—¿Quién es ese Henry? Lo voy a matar por amenazar a mi Lena — Ella frunció el ceño.

Le sonreí.

—Estaré bien —Le di un abrazo.

—Te esperaré aquí, tu papá viene en camino —Yo a sentí y seguí con el doctor.

Entramos a una habitación blanca.

Ahí estaba él, en una cama, conectado a esa máquina que me aseguraba que él todavía estaba con vida, por una parte, me partía el corazón verlo así, pero por otra me sentía feliz de que estuviera vivo.

CAPÍTULO 32

-Lena —Su voz débil llamó mi atención.

Llevaba diez minutos sentada transfiriendo mi sangre para su cuerpo, me sentía rara y muy cansada.

—Hola —susurré.

—¿Te encuentras bien? —preguntó.

—Sí —volví a susurrar.

Él me observó por unos minutos y yo a él, pensé que lo iban a llevar a cirugía, pero resulta que la bala había salido, solo le había dado a un costado, no le había dado a nada importante, pero casi lo hacía.

—Lo que me haces hacer por ti, Lena Millar —dijo sacándome una sonrisa.

—Lo que me haces hacer por ti, Daven Lawell —repliqué levantando un poco el brazo donde tenía el conducto de la sangre para llenar un paquete.

Él puso su carita de confundido.

—No puedes hacer eso, Lena, no te has repuesto aún —dijo con preocupación.

—Estoy bien —susurré.

—Eres terca —dijo con una sonrisa en sus labios.

—Bueno, si no lo hacía, Henry dijo que la sacaría él mismo para ponértela a ti —Daven se puso serio.

—Henry —se quejó.

La puerta se abrió y el doctor apareció a la vista.

—Bien, Lena, es todo, descansa un poco, en un momento te pondremos unas vitaminas y un suero —me explicó quitándome el conducto.

—¿Cómo te sientes Daven? —le preguntó el doctor.

—Un poco cansado.

—Trata de no hacer mucho esfuerzo para que no te lastimes la herida —le aconsejó el doctor para luego dejarnos a solas.

—Te ves mal —me dijo.

—Pues necesito descansar —Le di una mueca de cansancio—, además, te di de mi sangre para que siempre tengas un poco de mí —agregué sonriendo.

—Ahora tú estás en mi cuerpo —dijo y yo sonreí.

—Para que nunca te olvides de mí —Él también sonrió.

—Presiento que lo hiciste a propósito —dijo divertido.

—Daven —lo llamé.

—¿Sí?

—Gracias —susurré.

—Te voy a cuidar Lena, siempre y cuando no decidas alejarte de mí después de esto.

—No haré eso, te quiero para mí solita —recité sus palabras.

—Tendrás que luchar por eso, Lena, no soy un hombre fácil —Sonreí ante su respuesta.

—Daven —Lo volví a llamar.

—¿Sí?

—Te daré mi virginidad —dije y él se echó a reír.

—Espero —contestó divertido.

—Estoy empezando a amarte, Daven Lawell.

—Creo que estoy haciendo lo mismo, Lena Millar —Mi corazón se estrujó.

¿Que si fue peligroso? Sí. ¿Que si hubo muertos y heridos? Por supuesto, pero me alegro de haber conocido al chico de cabello oscuro y mirada profunda de la heladería.

<u>X****X</u>

—No pueden estar muertos, hablé con él ayer y me dijo que todo estaba bien.

—Nos llegaron noticias, según la información, Daven Lawell fue el responsable de sus muertes, lo lamento.

Me desplomé, no podía creer que hubiesen muerto, debieron escucharme, debieron hacerme caso, Jensen no debió haber vuelto, y Alexander debió dejar las cosas como estaban, no debió haber buscado más.

—No me hacen… ¡Nunca me hacen caso!

Arrojé la botella de vodka a la pared, los vidrios y el contenido de la botella se esparcieron por el suelo.

—¿Haremos algo, o nos quedaremos así?

—No se quedará así. Daven, ese hijo de perra, va a pagar por lo que me ha quitado, por todo el daño que me causado con todo esto —Me senté en la silla que estaba detrás de mí, tomé la pistola que tenía sobre la mesa y la sobé.

—Solo tienes que dar las órdenes.

«Lo haré, pero sin nadie a mi lado, quiero que muera por mí, quiero que la bala que le atraviese la cabeza sea disparada por mí, quiero ver cómo pierde el conocimiento de una puta vez, ya no habrá más drama, si Alexander y Jensen murieron por él, Daven morirá por mí, y todo el que esté junto con él morirá igual, se acabaron las compasiones y las oportunidades, ya me cansé de andar jugando con estupideces, yo quedé sin nada, tú pagarás por eso.»

—¿Reúno a los chicos?

Le di una mirada fría.

—Yo no necesito a nadie —Me levanté y di dos pasos hacía él levantando la pistola en su dirección—, menos a ti —Entonces disparé a su cabeza.

Su cuerpo yacía inerte en el suelo, la sangre brotaba de su cráneo.

—No quiero a nadie en mi camino.

«Daven, se acabó tu juego, hijo de puta.»

www.ingramcontent.com/pod-product-compliance
Lightning Source LLC
Chambersburg PA
CBHW070517160726
48003CB00004B/1606